文治
© wénzhi books

向整个世界说一声早

余光中 著

中国友谊出版公司

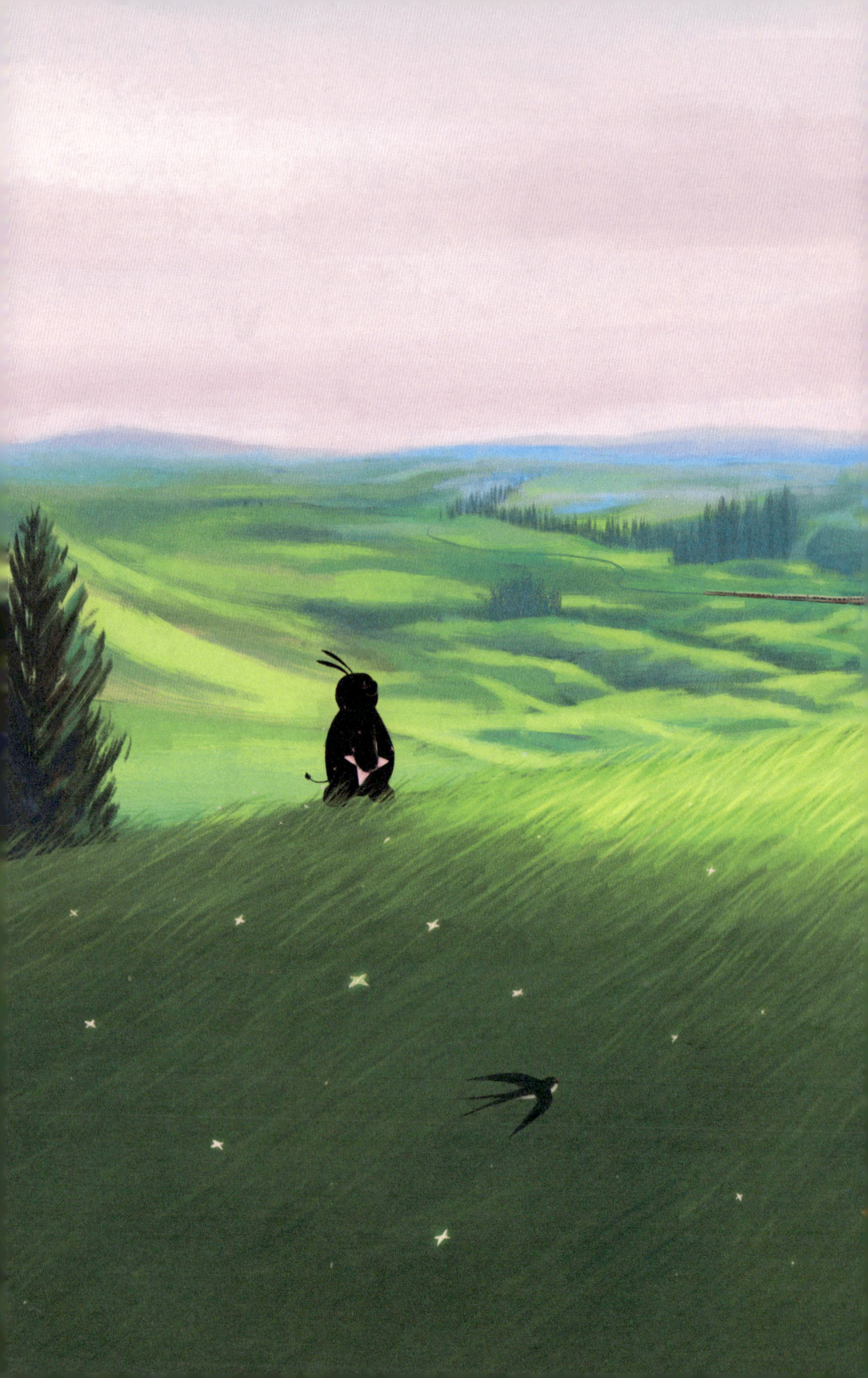

记忆里，有许多云、许多风，

许多风筝在风中升起。

男孩的意向是风的意向，
少年时的思想是长长的思想。

少年爱做的事情，哪一样，不是梦的延长呢？

一刹那,他恍若立在时间的此岸,一览百里地眺视彼岸的风景。

在年轻的世界里，爱情是最流行的一种疯狂。

今晚，

是你最后的一夕芬芳，

在永恒的月辉中，

徐徐呼吸。

目录

编者的话
"我的散文，往往是诗的延长" —————— 1

第一辑
少年事，是梦的延长 ——————
焚鹤人 003
伐桂的前夕 018
下游的一日 028
食花的怪客 039
丹佛城——新西域的阳关 051

第二辑

如何谋杀名作家

如何谋杀名作家 067

噪音二题 076

放下这面镜子 081

几块试金石——如何识别假洋学者 090

我们需要几本书 097

论夭亡 114

第三辑

现代诗与摇滚乐

现代诗与摇滚乐 119

撑起，善继的伞季 138

宛在水中央 157

在水之湄 159

第十七个诞辰 161

翻译和创作 189

所谓国际声誉 210

后记 215

编者的话

"我的散文，
　往往是诗的延长"

"每一次出门都是一次剧烈的连根拔起，自泥土、气候，自许多熟悉的面孔和声音。"

一九七二年，本书由纯文学出版社出版，是余光中的第四本文集。收录的作品多写于一九六八至一九七一年，为其创作正丰的盛年时期。此时期的余光中已在文坛享有盛名，执教有年，一九六九年受邀赴美是他第三度踏上新大陆的土地。离开故乡颇有时日，此次又远离久居的台湾，造就了迂回的乡愁绵思，也是对故乡的两重回望。

在六七十年代，空气中流淌着摇滚乐的美国，鲍勃·迪伦（Bob Dylan）与披头士乐队（The Beatles）的作品饱含诗性，成为一种诗与歌结合的新艺术。《现代诗与摇滚乐》一文中，余光中倾倒于摇滚乐富含节奏、回应时代的生命力；同时期致敬迪伦作品的诗作《江湖上》传诵一时，更是民歌运动重要的一笔。可以说本书所横跨的年代，正是余光中创作生涯的重要节点。

"右手写诗，左手写散文"的余光中，其诗中的联翩意象、丰美音韵及古典融合是一大特色，但在备受瞩目的诗歌创作外，更有不少读者钟爱其散文而胜过诗。

"我的散文，往往是诗的延长；我的论文也往往抒情而多意象。与其要我写得像散文或是像小说，还不如让我写得像自己。对于做一个enfant terrible[①]，我是很有兴趣的。"在本书的后记中，余光中为个人的非韵文创作下了巧妙的注解。他以对中文的熟习调度字句，行文不拘文白而直抒己意，从优美的景物描写中溢出深情。《下游的一日》随联想驰骋翻飞，《丹佛城》则游走于万仞山峰间，以阳关西域连接新旧大陆的意象。而他雄辩博识的文论批评，则在明快犀利的言辞间，展现对于文学、文化的殷殷期许。

---

① 顽童，肆无忌惮之人。——编者注

《我们需要几本书》提出华文世界亟须编选的书籍,擘画现代文学的走向;《翻译和创作》细究公式化译文之病,剖析两者间微妙交缠的关系;《如何谋杀名作家》则剑指文艺产业怪相,用幽默机智的笔法一一点评。瑰丽修辞与滔滔文气下,展现了诗人对于世界、社会的观察与负担。

集中收录了余光中难得一见的"投向小说的问路石"——《食花的怪客》与《焚鹤人》。前者受钱锺书影响,后者除了是自身经历的投射,也曾被李安改编为微电影,成为美国留学申请的审查资料。

许多创作者自言,余光中的作品为其文学的启蒙与养分。时隔半个世纪,其作品依然在文学艺术上作为一代人心中的经典流传,并为我们展现了时代切面下的集体精神风景。

第一辑

少年事，是梦的延长

只要有一只小小的风筝，
立刻显得云树皆有情，
整幅风景立刻富有牧歌的韵味。

焚鹤人

　　一连三个下午，他守在后院子里那丛月季花的旁边，聚精会神地做那只风筝。全家都很兴奋。全家，那就是说，包括他、雅雅、真真和佩佩。一放学回家，三个女孩子等不及卸下书包，立刻奔到后院子里来，围住工作中的爸爸。三个孩子对这只能飞的东西寄托了很高的幻想。它已经成为她们的话题，甚至争论的中心。对于她们，这件事的重要性不下于"太阳神八号"的访月之行，而爸爸，满身纸屑，左手糨糊右手剪刀的那个爸爸，简直有点航天员的味道了。

　　可是他的兴奋，是记忆，而不是展望。记忆里，有许多云、许多风，许多风筝在风中升起。至渺至茫，逝去的风中逝去那些鸟的游伴、精灵的降落伞、天使的驹。对于他，童年的定义是风筝加上舅舅加上狗和蟋蟀。最难看的天空，是充满月光和轰炸机的天空。最漂亮的天空，是风筝季的天空。无意间发现远方的地平线上浮着一只风筝，那感觉，总是令人惊喜的。只要有一只小小的风筝，立刻显得云树皆有情，整幅风景立刻富有牧歌的韵味。如果你是孩子，那惊喜必然加倍。如果那风筝是你自己放上天去的，而且愈放愈高，风力愈强，那种胜利的喜悦，当然也就加倍亲切而且难忘。

他永远忘不了在四川的那几年。丰硕而慈祥的四川，山如摇篮水如奶，取之不尽，用之不竭。那时他当然不至于那么小，只是在记忆中，总有那种感觉。那是第二次世界大战期间，西半球的天空，东半球的天空，机群比鸟群更多。他在高高的山国上，在宽阔的战争之边缘仍有足够的空间，做一个孩子爱做的梦。"男孩的意向是风的意向，少年时的思想是长长的思想。"少年爱做的事情，哪一样，不是梦的延长呢？看地图，是梦的延长。看厚厚的翻译小说，喃喃咀嚼那些多音节的奇名怪姓，是梦的延长。放风筝也是的。他永远记得那山国高高的春天。嘉陵江在千嶂万嶂里寻路向南，好听的水声日夜流着，吵得好静好好听，像在说："我好忙，扬子江在山那边等我，猿鸟在三峡，风帆在武昌，运橘柑的船在洞庭，等我，海在远方。"春天来时总那样冒失而猛烈，使人大吃一惊。怎么一下子田里喷出那许多菜花，黄得好放肆，香得好恼人，满田的蜂蝶忙得像加班。邻村的野狗成群结党跑来追求它们的阿花，害得又羞又气的大人挥舞扫帚去打散它们。细雨霏霏的日子，雨气幻成白雾，从林木蓊郁的谷中冉冉蒸起。杜鹃的啼声里有凉凉的湿意，一声比一声急，连少年的心都给它拧得紧紧的好难受。

而最有趣的，该是有风的晴日了。祠堂后面有一条山路，蜿蜒上坡，走不到一刻钟，就进入一片开旷的平地，除了一棵盘根错节的老黄果树外，附近什么杂树也没有。舅舅提着刚完工的风筝，一再嘱咐他起跑的时候要持续而稳定，不能太骤、太快。他的心扑扑地跳，禁不住又回头去看那风筝。那是一只体貌清奇、风神潇洒的白鹤，绿喙赤顶，缟衣大张如氅。翼展怕不有六尺，下面更曳着两只长足。舅舅高举白鹤，双翅在暖洋洋的风中颤颤扑动。终于"一——二——三！"他拼命向前奔跑。不到十码，麻绳的引力忽然松弛，也就在同时，舅舅的喝骂在背后响起。舅舅追上来，一面检视落地的鹤有没有跌伤，一面怪他太不小心。再度起跑时，他放慢了脚步，一面不时回顾，一面估量着风力，慢慢地放线。舅舅迅疾地追上来，从他手中接过线球，顺着风势把鹤放上天去。线从舅舅两手勾住的筷子上直滚出去,线球辘辘地响。舅舅又曳线跑了两次,终于在平岗顶上站住。那白鹤羽衣蹁跹,扶摇直上,长足在风中飘扬。他兴奋得大嚷,从舅舅手中抢回线去。风力愈来愈强,大有跟他拔河的意思。好几次,他以为自己要离地飞起,吓得赶快还给了舅舅。舅舅把线在黄果树枝上绕了两圈,将看守的任务交给老树。

"飞得那样高?"四岁半的佩佩问道。

"废话!"真真瞪了她一眼,"爸爸做的风筝怎么会飞不高?真是!"

"又不是爸爸的舅舅飞!是爸爸的舅舅做的风筝!你真是笨屁瓜!"十岁的雅雅也纠正。

"你们再吵,爸爸就不做了!"他放下剪刀。

小女孩们安静下来。两只黄蝴蝶绕着月季花丛追逐。隔壁有人在练钢琴,柔丽的琴音在空中回荡。阿眉在厨房里煎什么东西,满园子都是葱油香。忽然佩佩又问:

"后来那只鹤呢?"

后来那只风筝呢?对了,后来,有一次,那只鹤挂在树顶上,不上不下,一扯,就破了。他掉了几滴泪。舅舅也很怅然。他记得当时两人怔怔地站在那该死的树下,久久无言。最后舅舅解嘲说,鹤是仙人的坐骑，想是我们的这只鹤终于变成灵禽，羽化随仙去了。第二天舅甥俩黯然曳着它的尸骸去秃岗顶上，将它焚化。一阵风来，黑灰满天飞扬，带点名士气质的舅舅，一时感慨，朗声吟起几句赋来。当时他还是高小的学生，不知道舅舅吟的是什么。后来年纪大些，每次念到"黄鹤一去不复返，白云千载空悠悠"，他就会想起自己的那只白鹤。因为那是他少年时唯一的风筝。当时他缠住舅舅，要舅舅再给他做一只。舅舅答应是答应了，但不晓得为什么，自从那件事后，似乎意兴萧条，始终没有再为他做。人生代谢，世事多变，一个孩子少了一只风筝，又算得了什么呢？不久他去十五里外上中学，寄宿在校中，不常回家，且换了一批朋友，也就把这件事渐渐淡忘了。等到他年纪大得可以欣赏舅舅那种亭亭物外的风标，和舅舅发表在刊物上但始终不曾结集的十几篇作品时，舅舅却已死了好几年了。舅舅死于飞机失事。那年舅舅才三十出头，从香港乘飞机去美国，正待一飞冲天，游乎云表，却坠机焚伤致死。

"后来那只鹤——就烧掉了。"他说。

三个小女孩给妈妈叫进屋里去吃煎饼。他一个人留在园子里继续工作。三天来他一直在糊制这只鹤，禁不住要一一追忆当日他守望舅舅工作时的那种热切心情。他希望，凭着自己的记忆，能把眼前这只风筝做得跟舅舅做的那只一模一样。也许这愿望在他的心底已经潜伏了二十几年。他痛切感到,每一个孩子至少应该有一只风筝,在天上,云上,鸟上。他朦朦胧胧感到,眼前这只风筝一定要做好,要飞得高且飞得久,这样,才对得起三个孩子,和舅舅,和自己。当初舅舅为什么要做一只鹤呢?他一面工作,一面这样问自己。他想,舅舅一定向他解释过的,只是他年纪太小,也许不懂,也许不记得了。他很难决定:放风筝的人应该是哲学家,还是诗人?这件事,人做一半,风做一半,谋事在人,成事在天。表面上,人和自然是对立的,因为人要拉住风筝,而风要推走风筝,但是在一拉一推之间,人和自然的矛盾竟形成新的和谐。这种境界简直有点形而上了。但这种经验也是诗人的经验,他想。一端是有限,一端是无垠。一端是微小的个人,另一端是整个宇宙,整个太空的广阔与自由。你将风筝,不,自己的灵魂放上去,放上去,上去,更上去,去很冷、很透明的空间,鸟的青衢云的千叠蜃楼和海市。最后,你的感觉是和天使在通电话,和风在拔河,和迷迷茫茫的一切在心神交驰。这真是最最快意的逍遥游了。而这一切一切神秘感和超自然的经验,和你仅有一线相通,一瞬间,分不清是风云攫去了你的心,还是你掳获了长长的风云。而风云固仍在天上,你仍然立在地上。你把自己放出去,你把自己收回来。你是诗人。

太阳把金红的光收了回去。月季花影爬满他一身。弄琴人已经住手。有鸟雀飞回高挺的亚历山大椰顶,似在交换航行的什么经验。啾啾啧啧。喊喊喳喳唧唧。黄昏流行的就是这种多舌的方言。鸟啊鸟啊他在心里说,明天在蓝色方场上准备欢迎我这只鹤吧。

终于走到了河堤上,他和女孩子们。三个小女孩尤其兴奋。早餐桌上,她们已经为这件事争论起来。真真说,她要第一个起跑。雅雅说真真才七岁,拉不起这么大的风筝。一路上小佩佩也嚷个不停,要爸爸让她拿风筝。她坚持说,昨夜她做了一个梦,梦见自己一个人把风筝"放得比气球还高"。

"你人还没有风筝高,怎么拿风筝?不要说放了。"他说。

"我会嘛!我会嘛!"四月底的风吹起佩佩的头发,像待飞的翅膀。半上午的太阳在她多雀斑的小鼻子上蒸出好些汗珠子。迎着太阳她直霎眼睛。星期天,河堤上很少车辆。从那边违建户的小木屋里来了两个孩子,跟在风筝后面,眼中充满羡慕的神色。男孩约有十二三岁,平头,拖一双木屐。女孩只有六七岁的样子,两条辫子翘在头上。他举着那只白鹤,走在最前面。绿喙、赤冠、玄裳,缟衣,下面垂着两条细长的腿,除了张开的双翼稍短外,这只白鹤和他小时候的那只几乎完全一样。那就是说,隔了二十多年,如果他没有记错的话。

"雅雅,"他说,"你站在这里,举高一点。不行,不行,不能这样拿。对了,就像这样。再高一点。对了。我数到三,你就放手。"

他一面向前走,一面放线。走了十几步,他停下来,回头看着雅雅。雅雅正尽力高举白鹤。鹤首昂然,车轮大的翅膀在河风中跃跃欲起。佩佩就站在雅雅身边。一瞬间,他幻觉自己就是舅舅,而站在风中稚鬓飘飘的那个热切的孩子,就是二十多年前的自己。握着线,就像握住那一端的少年时代。在心中他默祷说:"这只鹤献给你,舅舅。希望你在那一端能看见。"

然后他大声说:"一——二——三!"便向前奔跑起来。立刻他听见雅雅和真真在背后大声喊他,同时手中的线也松下来。他回过头去。白鹤正七歪八斜地倒栽落地。他跑回去。真真气急败坏地迎上来,手里曳着一条鹤腿。

"一条腿掉了!一条腿掉了!"

"怎么搞的?"他说。

"佩佩踩在鸟的脚上!"雅雅惶恐地说,"我叫她走开,她不走！"

"姐姐打我！姐姐打我！"佩佩闪着泪光。

"叫你举高点嘛，你不听！"他对雅雅说。

"人家手都举酸了。佩佩一直挤过来。"

"这好了。成了个独脚鹤。看怎么飞得起来？！"他不悦地说。

"我回家去拿胶纸好了。"真真说。

"那么远！路上又有车。你一个人不能——"

"我们有糨糊。"看热闹的男孩说。

"不行，糨糊一下子干不了。雅雅，你的发夹给爸爸。"

他把断腿夹在鹤腹上。他举起风筝。大白鹤在风中神气地昂首，像迫不及待要乘风而去。三个女孩拍起手来。佩佩泪汪汪地笑起来。违建户的两个孩子也张口傻笑。

"这次该你跑，雅雅，"他说，"听我数到三就跑。慢慢跑，不要太快。"

雅雅兴奋得脸都红了。她牵着线向前走。其他的孩子跟上去。

"好了好了。大家站远些！雅雅小心啊！一——二——三！"他立刻放开手。雅雅果然跑了起来。没有十几步，白鹤已经飘飘飞起。他立刻追上去。忽然蹿出一条黄狗，一面紧贴在雅雅背后追赶，一面兴奋地吠着。雅雅吓得大叫爸爸。正慌乱间，雅雅绊到了什么，一跤跌了下去。

他一面厉声斥骂那黄狗，一面赶上去，扶起雅雅。

"不要怕，不要怕，爸爸在这里。我看看呢。膝盖头擦破一点皮。不要紧，回去搽一点红药水就好了。"

几个小孩合力把黄狗赶走，这时，都围拢来看狼狈的雅雅。佩佩还在骂那只"臭狗"。

"你这个烂臭狗！我叫我们的大鸟来把你吃掉！"真真说。

"傻丫头，叫什么东西！这次还是爸爸来跑吧。"说着他捡起地上的风筝和滚在一旁的线球。左边的鹤翅挂在一丛野草上，勾破了一个小洞。幸好出事的那条腿还好好地别在鹤身上。

"姐姐跌痛了，我来拿风筝。"真真说。

"好吧。举高点，对了，就这样。佩佩让开！大家都走开些！我要跑了！"

他跑了一段路，回头看时，那白鹤平稳地飞了起来，两只黑脚荡在半空。孩子们拍手大叫。他一面再向前跑了二三十步，一面放出麻索。风力加强。那白鹤很潇洒地向上飞升，愈来愈高，愈远，也愈小。孩子们高兴得跳起来。

"爸爸，让我拿拿看！"佩佩叫。

"不行！该我拿！"真真说。

"你们不会拿的，"他把线球举得高高的，"手一松，风筝不晓得要飞到哪里去了。"忽然孩子们惊呼起来。那白鹤身子一歪，一条细长而黑的东西悠悠忽忽地掉了下来。

"腿又掉了！腿又掉了！"大家叫。接着那风筝失魂落魄地向下坠落。他拉着线向后急跑，竭力想救起它。似乎，那白鹤也在做垂死的挣扎，像四月的风。

"挂在电线上了！糟了！糟了！"大家一面嚷成一团，一面跟着他向水田的那边冲去，野外激荡着人声、狗声。几个小孩子挤在狭窄的田埂上，情急地嘶喊着，绝望地指画着倒悬的风筝。

"用劲一拉就下来了，爸爸！"

"不行不行！你不看它缠在两股电线中间去了？一拉会拉破的。"

"会掉到水里去的。"雅雅说。

"你这个死电线！"真真哭了起来。

他站在田埂头上，茫然握着松弛的线，看那狼狈而褴褛的负伤之鹤倒挂在高压线上，仅有的一只脚倒折过来，覆在破翅上面。那样子又悲惨又滑稽。

"死电线！死电线！"佩佩附和着姐姐。

"该死的电线!我把你一起剪断!"真真说。

"没有了电线,你怎么打电话、看电视——"

"我才不要看电视呢!我要放风筝!"

这时,田埂上,河堤上,草坡上,竟围来了十几个看热闹的路人,也有几个是从附近的违建户中闻声赶来。最早的那个男孩子,这时拿了一根晒衣服的长竹竿跑了来。他接过竹竿,踮起脚尖试了几次,始终够不到风筝。忽然,他感到体重失去了平衡,接着身体一倾,左脚猛向水田里踩去。再拔出来时,裤脚管、袜子、鞋子,全浸了水和泥。三个女孩子惊叫一声,向他跑来。到了近处,看清他落魄的样子,真真忽然笑出声来。雅雅忍不住,也笑起来,同时叫:

"哎呀,你看这个爸爸!看爸爸的裤子!"

接着佩佩也笑得拍起手来。看热闹的路人全笑起来,引得草坡上的黄狗汪汪而吠。

"笑什么!有什么好笑!"他气得眼睛都红了。雅雅、真真、佩佩吓了一跳,立刻止住了笑。他拾起线球,大喝一声"下来!"使劲一扯那风筝。只听见一阵纸响,那白鹤飘飘忽忽地栽向田里。他拉着落水的风筝,施刑一般跑上坡去。白鹤曳着褴褛的翅膀,身不由己地在草上颠踬扑打,纸屑在风中扬起,落下。到了堤上,他把残鹤收到脚边。

"你这该死的野鸟!"他暴戾地骂道,"我操你娘的屁股!看你飞到哪里去!"他举起泥浆浓重的脚,没头没脑地向地上踩去,一面踩,一面骂,踩完了,再狠命地猛踢一脚,鹤尸向斜里飞了起来,然后木然倒在路边。

"回家去!"他命令道。

三个小女孩惊得呆在一旁,满眼闪着泪水。这时才忽然醒来。雅雅捡起面目全非的空骸。真真捧着纠缠的线球。佩佩牵着一条断腿。三个女孩子垂头丧气跟在余怒犹炽的爸爸后面,在旁观者似笑非笑似惑非惑的注视中,走回家去。

午餐桌上没有一个人说话。只有碗碟和匙箸相触的声音。女孩子们都很用心地吃饭,连佩佩也显得很文静的样子在喝汤。这情形,和早餐桌上的兴奋与期待,形成了尖锐的对照。幸好妈妈不在家吃午饭,这种反常的现象,不需要向谁解释。三个孩子的表情都很委屈。真真泪痕犹在,和尘土混凝成一条污印子。雅雅的脸上也没有洗,头发上还粘着几茎草叶和少许泥土。他这才想起,她的膝盖还没有搽药水。佩佩的鼻子上布满了雀斑和汗珠。她显然在想刚才的一幕,显然有许多问题要问,但不敢提出来,只能转动她长睫下的灵珠,扫视着墙角。顺着她的眼光看去,他看见那具已经支离残缺的鹤尸,僵倚在墙角的阴影里。他的心中充满了歉疚和懊悔。破坏和凌虐带来的猛烈快感,已经舍他而去。在盛怒的高潮,他觉得理直气壮,可以屠杀所有的天使。但继之而来的是迟钝的空虚。那鹤尸,那一度有生命有灵性的鹤骨,将从此被弃在阴暗的一隅,任蜘蛛结网,任蚊蝇休憩,任蟑螂与壁虎与鼠群穿行于肋骨之间?伤害之上,岂容再加侮辱?

他放下筷子,推椅而起。

"跟爸爸来。"他轻轻说。

他举起鹤尸。他缓缓走进后园。他将鹤尸悬在一棵月桂树上。他点起火柴。鹤身轰的一响烧了起来。然后是左翼。然后是熊熊的右翼。然后是仰睨九天的鹤首。女孩子们的眼睛里映着火光。在飞扬的黑灰白烟中,他闭起眼睛。

"原谅我,白鹤。原谅我,舅舅。原谅我,原谅无礼的爸爸。"

"爸爸在念什么吗?"真真轻轻问雅雅。

"我要放风筝,"佩佩说,"我要放风筝。"

"爸爸，再做一只风筝，好不好？"

他没有回答。他不知道该怎么回答才好。他不知道，线的彼端究竟是什么？他望着没有风筝的天空。

一九六九年元旦

伐桂的前夕

最后，他在一块鼓形石上坐了下来。幽森森的月光将满园子的荒芜浸在凉凉的回忆里。一切都过去了。曾经是"家"的一切（就叫它作"家"吧），只留下一堆瓦砾、木条、玻璃屑。曾经黑压压的那幢日式古屋，平房特有的那种谦逊和亲切，夏午的风凉和冬日早晨户内一层比一层深的阴影，桧木高贵的品德，白蚂蚁多年的阴谋，以及泻下鸽灰色的温柔和忧郁的鳞鳞屋瓦，这一切，经过拆迁队一星期的努力，都已经被夷成平地了。曾经为他抵抗过十六级的台风和黄梅雨，那古屋，已经被肢解，被寸磔，被一片一片地批鳞，连尸体都不留下。可用的部分，也像换肾人的新肾一样，移植到别的躯体上去了。十六年！上面的一代在古屋的幽灵中老去，死去，落发，落牙，如落花；下面的一代，在其中，一个接一个诞生，生日蛋糕的红烛，一年比一年辉煌；而他，中间的一代，也在其中恋爱，结婚，做了爸爸，长出胡子，剃了再长，黑的变灰，灰的变白。生，老，病，死。对于他，这古屋就是一个小型的世界。在他回忆中浮现的，不是单纯的一景，而是重重底片的叠影。悲剧喜，喜剧悲，悲喜剧亦悲亦喜。母亲的癌症。一位三轮车夫的溺毙，就在后面的河里。一位下女被南部的家人追踪，寻获。另一位，生下一个胖胖的私生子。交游满天下：旧的朋友去，新的朋友来，各式各样的鞋子将他的玄关泊成一个诗的海港。朝北的书斋里，曾经辉煌过好些侧面、好些名字。好些名字，有一阵子，连下女都念得舌头发烫；另外的一些，光度渐渐弱下来，生冷得像拉丁文，在他学生们的眼中，激不起一丝反光。学生们也一样。一九六〇级那一班，曾经泊平底鞋、高跟鞋在玄关的小湖里的，大半越过远海，不再回来。于是又换了一九六一级，后是一九六二级、一九六三级……

疑真疑幻的月光下，那古屋，为这一切做见证的鸽灰色的精灵，只留下了一片朦胧的废墟。他侧耳聆听，似乎只有蚯蚓在那边墙角下吟掘土之清歌，此外，万籁都歇，市声和蛙鸣两皆沉沉。

十六年的种种,那些晴美的早晨和阴霾窒人的黄昏,不再留下任何见证,任何见证,除了后院子里这些美丽的树。除了那边的三株杜鹃,从岁末开到初夏,向韩国草上挥霍好几个月的缤纷纷。除了更远处的那丛月季和那树月桂,轮流维持半个后院的清芬。还有头顶的这棵枫树,修直挺拔,战胜过无数的毛虫和台风。他从冰屁股的鼓形石面上站起来,就着清朗的月色,企图寻找苍老多裂纹的树干上,他曾经刻过的英文字母。那是"YLM"三个字首,十五年前,在一阵激越而白热的日子里,用一柄小刀虐待这枫树的结果。至于它们代表的是什么,他从来没有对人说过,包括那位M。"这是我们之间的一个秘密啊。"他时常拍拍枫树,这么戏谑地说。南宋诗人的"鸥盟",他羡慕而无能分享,"但是诗人与树之间,也可以订'枫盟'的,是不是?"说着,他又拍了枫树一下。十几年来,他一直喜欢这枫树。秋天的大孩子,竟然流落在没有秋天的亚热带这岛上。而他,也是从北方来而且想秋天想得要死的一个灵魂啊。思秋症的患者,理应相怜。因此,对于这棵英俊散朗的枫树,他一直特别"照顾"。每年十一月,树上飘落几片勾勒锈红色的三瓣叶子,他总高兴得说不出话来,心里满是故土的温柔。

但刻字那件事毕竟很久很久了。冰冰的月色里,已经辨不出谁是字,谁是裂纹。他抚摩了一会儿,终于放弃。一生的历史,是用许多小小的疯狂串成的，他想。在年轻的世界里，爱情是最流行的一种疯狂。YLM！幸好那种焚心的焦灼只维持了两年。当一切疯狂都痊愈，他的疯狂仍然是诗。像爱情一样，那里面也有狂喜和失意，成功的满足和妒忌的刺痛，但是那缪斯，她永远那样年轻而且惑人，今天，比起二十年前开始追逐的时候，更其如此。这样子的疯狂，毋宁是一种高度的清醒吧。

这么想着，他踏过瓦砾堆，向东边的围墙走去。月光从桂叶丛中泻下来，沾了他一身凉湿。现在他完全进入它的芬芳了。冰薄荷的夜空气中，他贪馋地吸了好一阵子。好遥好远的回忆啊，那嗅觉！因为那是大陆的泥香，古中国幽渺飘忽的品德，近时，浑然不觉，但愈远愈令人临风神往。秋天。多桥多水的江南。水上有月。月里有古代渺茫的箫声。舅舅的院子里。高高的桂树下，满地落花，泛起一层浮动的清香，像一张看不见躲不开的什么魔网。他便和表兄妹们一火柴匣又一火柴匣地拾起来，拿回房去。于是一整个秋季，他都浮在那种高贵的氛围里，像一个仙人。

但那是二十多年前的事了。眼前这树桂花，只有八尺多高，唯它的馥郁已足够使他回到舅舅的那个院子里。如果说，枫是秋的血，那桂就是秋的魂魄了。满园树木中，他最宝贝这棵小桂树，因为在他的迷信里，它形成了一个"情意结"，桂树、秋天、月亮、诗，四个意象交叠成形，丰富而清朗地象征着许多东西。譬如说，他叫它作秋之魂，王维却叫它作桂魄，西方人把它戴在诗人的头上，而秋天，是他的，也是它的生日。十六年来，他的笔锋愈挥愈利，他的名字在港湾之间颇有回声：在他的迷信里，这一切，都和他园子里这一片芬芳有关。第一次去新大陆，他曾站在旧大陆的这片芬芳里，面对青青的小树，默默祝福自己的家国，也祝福自己，和自己的诗。他的祝福没有落空。在爱荷华的河边，他颇得缪斯的垂青。第二年回家时，原来才到他眉毛的桂树竟已高过了他的头发。他高兴极了，说："看你，真的长大了呢！我的诗也该长高些才行。"第二次再从新大陆回来，他的鬓发带回了寒带的薄霜，但是这桂树却依旧青青，竟比他高出一个半头了。可以说，他是看着它长大的，但在另一方面，它也是他的见证啊，见证他的希望和恐惧、光荣和空虚。

十六年的岁月，他是既渡的行人，过去种种，犹如隔岸的风景，倒映在水中。木讷而健忘的灰色老屋，曾经覆他载他，在烈日中在寒流中蔽翼他的那老屋，终于死了，只留下满园子的树木，那些重碧交翠的灵魂，做他无言的见证。但你们也不能久留了啊，月光下，他对那桂树说。今晚，是你最后的一夕芬芳，在永恒的月辉中，徐徐呼吸。然后你们就死去，去那老屋刚去的地方。

白血飞溅白屑飞溅啊白血。锯断绿色的灵魂流乳白的血,当钢齿咬进年轮,无辜的年轮。明天早晨,伐木工人将全副武装涌至,一下子就占据这园子,展开屠杀。顷刻间,这些和平的生命将集体死亡,而这花园,这绿色的共和国,将沦为一片水泥的平原,一寸绿色也不留下。于是重吨的巨兽将气呼呼地在门口停下。他们将掘出一立方呎[1]又一立方呎的泥土,种下永不开花一根又一根的钢筋和铁骨,阴郁的地下室,拼花地板,磨石子,嵌磁,嵌磁,最后,一幢不温柔更不美丽的怪物从地面上升起,到空中,去加入这都市千百只现代恐龙。

因为凡有根的都必须连根拔起。他也是一棵桂一片枫叶,从旧大陆的肥沃中连根拔起。这岛屿,是海波镶边的一种乡愁。在新大陆无根的岁月里,他发现自己是一棵植物,乡土观念那么重、那么深的一棵树,每一圈年轮都是江南的太阳。因为他最欣赏嘉木那种无言的谦逊、忍耐无争的美德,和不为谁而绿的蔼蔼清荫,戴一朵云,栖一只鸟,或是垂首聆一只蟋蟀的徐徐歌吟。他相信古印度一位先知的经验:只要你立得够久、够静,升入树顶的那种生命力,亦将从泥下透过你脚底而上升。这样出神地想着想着,在浸渍记忆

---

[1] 英尺的旧称。——编者注

的月光下，他觉得自己已经成为一棵树，绿其发而青其肢，大地的乳汁逆他的血管而上，直达他的心脏。他是一棵青青的桂树，集秋天和月和诗于一身。但今晚是他最后的一次芬芳，因为现代的吴刚一点也不神话，因为不神话的吴刚执的是高速的链锯，一举手就招来机械的杀戮，因为锯断了的桂树不会在神话里再生。而且所谓月，只是一颗死了的顽石，种不活桂，养不活蟾蜍。于是一片霍霍飞旋的锋芒，向他热乎乎的喉核滚来，一瞬间，高速的痛苦自顶至踵，一切神经张紧如满弓，剖他成两半。凡有根的都躲不掉斧斤。

"月桂树啊，这是你最后的一次清芬！"他忽然有跪下去的冲动，跪下去，请求无辜者的饶恕。

一轮满月，牵动半个夜的冰冰清光，向那边人家的电视天线上落下。阴影在许多院落里延长。哪家厨房的洋铁皮屋顶，两只猫在捉对儿叫春。这都市已经陷在各式各样的梦或恶魇之中，许多灵魄在许多鼾声里扑翅飞起，各式的盆花在各层阳台上想家而且叹气。牧神的羊蹄声在远方的天桥上消逝……

五小时后东方将泛白。红彤彤的太阳将升起，自蓝森森自蓝浩浩的太平洋上，于是亚热带这城市，千门万户，将在朝霞里醒来。贪婪无餍，这膨胀的城市将吞噬摩肩接踵的行人和川流不绝的车群，像一头消化不良的巨食蚁兽。于是千贝百贝的嚣喊呼喝，真空管、汽笛、喇叭、引擎，不同的噪声自不同的喉中呕出吐出，符咒一般网住这城市。喷射机是一切的高潮，逆着百万人扭曲的神经，以一种撕去所有屋顶的声威迫害天使。同时另一个恢恢巨网，以这城市为直径，从八方四面冉冉升起，无声，无形，染毒你呼吸的每一口空气，且美其名曰红尘，滚滚十丈。于是在两张巨网的围袭下，一百五十万只毒蜘蛛展开大规模的集体屠杀，在天上，在地上，在地下。没有一个不中毒。

机器一占领这城市，牧歌就复不可闻了。马达声代替了蛙声蝉声。到夜里，还剩下一些阴暗的角落还有些伶仃的纺织娘、蟋蟀、蚯蚓，企图负隅抵抗那市声。十六年前，在水源路的那一边，在金门街、在同安街迷宫似的小巷子里，还可以做晚餐后的散步，在初夏勃然的蛙鸣中从容构思一首有韵的田园诗。但现在，那一带诗的走廊早已让给了出租车的红蟹队、电单车的虾群去横行。所以一到黄昏，许多苍白的脸上饥饿的眼睛，从许多交通车流动的牢狱里向外饕餮，许多建筑物空隙里的一片晚云。

所以机器一占领这城市，牧神就死了。他们在高高的烟囱下屠宰牧歌，装成大大小小的罐头。他们在广告牌上写诗，在大大小小的围墙上张贴哲学。他们用钢铁、玻璃和铝把城市举到虹的旁边，然后从观光酒店从公寓顶上俯瞰延平祠和孔庙，清真寺和基督教堂。

所以机器一占领这城市,绿色的共和国就亡了。植物是一种少数民族,日趋毁灭。莲是一种羞赧的回忆,像南宋词选脱线的零页零叶,散在地上。柳是江南长长的头发飘起,在日式院子亚热带的风中,许多树许多古宅必须倒下,因为有更多的公寓、更多的人笼子必须升起。因为机器说,七十年代在那上面等待我们。

所以月亮就挂在电视的天线上。该有天使在高压线上呼救。再过三小时东方将泛白。手执机器的吴刚将来伐桂,而他,即使是一位诗人,也无力保卫。一只螳螂怎能抵抗一架开路机?最后的芬芳总是最感人。那样的嗅觉,从鼻孔一直达到他灵魂。秋天。成熟的江南。古典的庭院。月光。童时。诗。

他做了最后的一次深呼吸。他扫了好几簇桂瓣在掌心,用手帕小心翼翼地包起来。

"Good-bye, my laurel. Good-bye."

他转过身去,向高高挺挺的枫树看了一眼。

"再见了,我的枫。这里本来不是你故乡。"

说着,他踏过玻璃屑和断木条,踏过遍地的残残缺缺,向虚掩的大门走去。都已停歇,狗吠,蛙鸣,人语,车声。整个城市像一座荒坟。落月的昏蒙中,树影屋影融成一片灰蓬蓬的温柔。空气新酿的清新。他锁上木门,触到金属的坚与冷。他走下厦门街的巷子,听自己的步履空洞的回声。水源路的河堤上似有人在喊谁的名字。他停下来,仔细听了好一阵。桂花的幽香从手帕里散出来。

"没有。没有谁在喊我。"

他继续向前走。

霍霍的链锯声在背后升起……

一九六九年五月二十日

下游的一日

那天在观音山下一个尼姑也没有见到。修女，倒是有好几位，就坐在第一排，白巾白袍，像一行文静的"洋百合"。湛湛的江水，巨幅长玻璃外自在地流，蓝悠悠，几只水禽在晚秋的艳阳中闪着白羽。这是珐琅瓷油成的亮晴天，空中有许多蓝，蓝中有许多金，有谁要晴朗的样品，这就是。玻璃的这边，他听见自己的声音，经过麦克风放大而显得有些变质的自己的声音，在一座线条清晰，多铝多玻璃的大厅里，激起一派回响。他诵的大半是离岛前的一些作品。那里面当然也是他自己，只是已经有一点陌生罢了。才五六年，那一个自己，竟然已经有一点像标本了。他几乎想坐下来好好想一想，好像灵魂上发现了一条皱纹，需要将它烫平。不过台上的人是没有这种自由的。台上的人一恍惚，就会造成一段荒谬的冷场。忽然，他发现有一双眼睛正投向窗外，被外面的风景映起反光。那是一双年轻的眼睛，里面有很多水，水面有很多光；他羡慕她有机会在这种晴得虚幻的日子里，一面听讲，一面出神。他也经过大二的日子，知道肉体参加众人，让神魂飞到远方去的那种情味。可是其他的眼睛都向他集中，像许多敏感的触须在合编一张网，要捕捉他的眼睛。这是带有一点催眠意味的。眼与眼的对视，久了，就超出灵魂所能负担的程度，因为真相总是可畏的。一位音乐家（是帕格尼尼吗？）在行经鱼尸并列的市场时，忽然想起他当晚有场演奏会。如果这不是一个笑话，那位音乐家的孤绝感，也未免太尼采了吧。他感觉中的听众，却像希腊神话中的百眼兽，眈眈，睽睽，令人心悸。他当然并不怕那些听众。再大的百眼兽，他自信也能驯服，甚且逗它发笑。他怕的毋宁是双眼兽：目光停留在一张脸上，变成一比一的对视，情形就大不同了。

双眼兽是有灵魂的。百眼兽有没有灵魂，就很成问题了。百眼兽对他的要求，是表演。所谓演讲，本来就是一半讲，一半演，演得那头百眼兽恍若被催眠，否则，被催眠的就是他自己了。站在台上的，当然也是他自己，至少是他许多自己中的一个，那个自己为他赢得许多掌声、许多笑靥、许多眼睛的骤然发光。可是那并不是他最喜欢的自己。两年来,他几乎记不得做过多少次驯兽师了。兽有大有小,愈大的愈像兽,而愈像兽的,驯起来,也就愈加刺激,富于冒险的意味。不过那种经验总是很寂寞的,因为你总是以一对百,甚至以一当千。对他们,你是一个熟悉的名字,启开一些封面,他们就可以审视你灵魂的标本,你的秘密是公开的;对于你,他们永远是未知数,他们,只是许多陌生的总和。坐在暗处的,固然寂寞,但站在亮中的,另有一种寂寞,寂寞得紧张,而且疲倦。

此刻,潜在他意识深处的,是一个含糊的,有点隐隐发痛的欲望。在自己声音间歇的空隙,那蠢蠢的欲望在搔痒他的灵魂,说:"为什么不选一双柔和的眼睛,仅仅是一双,而且对它们说:'这样好的天气,这样贵的阳光,跟我一同出去吧,去细密的相思树下,或是去江边,听我说一些上游的故事。你是大一吧?是吗,我猜得不错。从你的眼睛,从你流盼时清爽的眼神,我猜得出你是新人。我也曾是大一的新人,在一所也是教会的大学。我敢打赌,那时候,我比你更寂寞、更容易受伤、更充满矛盾,对外面的世界,更加神往。江边真是美好,这阳光,像透明的黄玉,在这种不可置信的完美中,你该坐在一块陨星似的怪石上,想一些上游的事情。'"

这只是刹那间朦胧的欲望罢了，他当然不能走下台去，抬起那双眼睛。事实上，当他的眼光再度从手中的书页向下面扫掠，那双眼睛，不，连那张脸也不见了。下一瞬，他只看见一头眈眈而视的百眼兽。这种失落感，在他，已经是寻常事了。记忆里，有许多许多脸，不一定都怎么美丽，但是有灵气，有个性，有反应迅速的光彩。他记得那些脸，像太阳记得盛开的向日葵们。当然不全似向日葵，因为有的典丽清雅，像莲，有的俊逸倜傥，像水仙；因为曾经出现在他粉笔的射程内的，有嫘祖的女儿，也有海伦的后裔。回家已经两年，偶尔，在变幻的晚云上，或是因在亚热带湿闷的雨季里，他会记起那些脸来，轮廓分明眼神奕奕褐发飘动的那些脸——倪丹啊，文苊啊，史悌芬啊，他会对自己默默吟念。不过他是生存在这样的一个世界，留下来的固然不少，但失落的无疑更多更多。那些脸啊那些脸，嫘祖的和海伦的脸，一张继一张，在时间之流上漂浮而去，一朵接一朵，如莲。"当然，我不是捕蝶人，"他这样分辩，"只是每飞走一只燕子，便减掉一点春天。"上星期六他经过一方水池，见一朵孤莲在秋日的金阳里抵抗十月底的凉风，不禁立定了怔怔而视，直到他打出一个喷嚏。

他仍然在朗诵自己的作品。他听见自己带一点江南腔的不标准国语，在大厅晴明的空间荡起回音。据说那就是他的声调，在收音机和录音带里都是那样,带那么一点磁性,节奏矜持而舒缓,但音色颇为圆熟。这一点,他是颇引为自豪的。小说家华丽瑜——性急而豪快的"学妹"——就一直嫌他说话太慢,而他,总觉得她口齿太快,心还没到,舌已先摇。想到华丽瑜,他忽然若有所失。前天还接到她一封国际邮件:"怎么样?泡在岛上做猢狲王,不想出来遛遛?万圣节快到了,枫叶和橡叶烧成一片。还记得五大湖区的秋天吗?"这真是从何说起。他怎会忘记那种成熟之美,浑然而厚的那种大陆性气候?他怎会忘记那种纯然透明的空气,一脚踏出户外,扑面就是一阵开胃的草香,你觉得发根一下子浸在冷得醒鼻的风里,清洁的肺浮在空中,翼然如云,而阳光灿灿,怎么水晶球里泻着黄金?真的,万圣节又要到了,明天就是万圣节的前夕。想着,他果真翻到十年前留学时所写的,一首歌吟万圣节的作品,朗诵起来。于是有浓郁的土香升起,掺着一股南瓜的气味。

阳历,是万圣节,阴历,正是重阳日。他告诉自己,今天是他的生日。对于每个人,自己来到这世界的那一天,总是带一点神秘,且有催眠的力量。对于他自己,重九这日子更是如此。根据西方的迷信,诗神阿波罗、酒神狄俄尼索斯、天神宙斯、巫师墨林、众神之使者赫尔墨斯,都以冬至这一天为生日。难怪格瑞夫斯的第七个孩子生在冬至,诗人竟得意到赋诗以庆,写了那篇《冬至喻璜儿》。自己竟然诞生在重九，他也暗暗感到自豪。因为这也是诗和酒的日子，菊花的日子，茱萸的日子。登高临风，短发落帽，老诗人悲秋亦自悲的日子。他曾经自称"茱萸的孩子"，遗憾的是，已故的母亲不能欣赏这样的句子。终于又是重九了，在这无所谓秋天不秋天的岛上。怎么忽忽竟已是第十九个重九了？在大陆，这样烂熟的小阳春，风景一定停留在美的焦点，人们向海拔更高处攀去。他的生日就是这样：名义是登高临远，慷慨逍遥，但脚下是不幸，是受苦受难的大地。他那一代的孩子，在一种隐喻的意义上说来，都似乎诞生在重九那一天，那逃难的日子。两次大战之间的孩子，抗战的孩子，在太阳旗的阴影下咳嗽的孩子，咳嗽，而且营养不良。南京大屠城的日子，樱花武士的军刀，把诗的江南、词的江南砍成血腥的屠场。记忆里，他的幼年很少玩玩具。只记得，随母亲逃亡，在高淳，被日军的先遣部队追上。佛寺大殿的香案下，母子相倚无寐，在枪声和哭声中，挨过最长的一夜和一个上午，直到殿前，太阳徽的骑兵队从古刹中挥旗前进。到现在他仍清晰记得，火光中，凹凸分明，阴影森森，庄严中透出狞怒的佛像。火光抖动，每次都牵动眉间和鼻沟的黑影，于是他的下颚向母亲臂间陷得更深。其后几个月，一直和占领军捉迷藏，回溯来时的路，向上海，记不清走过多少阡陌，越过多少公路，只记得太湖里沉过船，在苏州发高烧,劫后和桥的街上,踩满地的瓦砾、尸体,和死寂得狗都不叫的月光。

"月光光,月是冰过的砒霜。月如砒,月如霜,落在谁的伤口上?"诵完最后一首诗,那百眼兽便骚动起来,掌声四起,像一群受惊的野雁。终于响声落定,外面的风景溢进窗来。女孩子们的笑声、呼声,溢向户外,投向石院中丰盛的阳光。

女孩子们被圣心的钟声招走后,一位身材修长的修女开始带他参观这座女子大学,且用夹英文的三明治中文,向他娓娓介绍建筑的风格。浓密的相思树丛里略带鸽灰调子的白色校舍,在半下午的艳阳中显得分外干净悦目。向阳和背光的各式墙面,交错形成雅趣的几何构图。这是一座新型的现代建筑,设计人的品味显然倾向纯净主义,那样豪爽地大量使用玻璃,引进几乎是泛滥的光。真的,现代建筑是雕刻的延长。整座校舍像一颗坦然开放的心,开向天光。当光沛然泻下,灵魂乃勃然升起。

"这是岛上最迷人的建筑了。"他赞叹说。

"谢谢你,"修女说,"这座建筑物处处埋伏着心机。每转一个弯,你就发现一个不同的雕塑品。我来这里已经两年,到现在,还没有完全看清楚。"

"恐怕天使也要迷路呢。"

她笑了一下,接着又为他推开一扇门。

"在某种意义上说来,"他得意扬扬,大发议论,"建筑家的心灵和作曲家的心灵是很相似的。前者在设计的过程中,必须同时顾到一个立体的各部分在不同的角度所呈现的形象,正如后者在经营一个交响曲时,必须在听觉的想象中,听见那么多不同的乐器各自的和综合的声音……"

"根据你的说法,"她打断他的宏论,"我们正走上这座塔楼最迷人的一弯旋律了。"

说着她领他走上一个回旋梯,从楼底攀向三楼。四壁呈圆柱形,每走一步,就改一个方向,同时也升高一级,而每升数级,肘边便开启一道垂直而狭长的窗,引进现代的也是中世纪的光。但丁啊但丁。他的心境顿然内外皆通明。肉身和灵魂休止了战争。他正想"这样的无阻无碍令我惊惶",忽然发现他们已经在户外,莫遮莫拦的空间匍匐在他们脚下,那样虚无而灿烂的空间,风,吹过,光,泻过,圆圆的蓝在四周运转。他紧张地侧过脸来,准备看见,同时又害怕看见什么有翼的东西。

"你看,对岸的一草一木都这么清清楚楚。"她说。

何止是清楚!简直是透明。他觉得,只要他肯看,他可以看见任何东西,和它们背面的一切。他甚至觉得,他能够看见自己的头顶和脚底,立在光中,他看得见自己的四十个影子。他兴奋地想告诉她,今天是他的生日,而她一定是一个天使,带他到这样高的地方。一定,有什么劫难就这样躲过。可是他忍住了不说,因为在蓝渺蓝茫的中央,似乎有什么启示在向他开放,只向他开放,而一落言诠,一切恐立刻会消逝。

接着他意识到,她说这里已经是河的下游,顺流而下,不远处便是海口。事实上,他只有一只耳朵在听她说话。另一只,听见的是上游的水声,是过去,是过去十八年的水声、风声。因为都市在上游,那百万人蚁聚蜂拥的都市,令人兴奋,无聊,窒息,每到雨季就令人霉腐,风季,就令人做噩梦,那都市。因为他的家,他的妻,他的小女孩们在上游,那城市,因为他的老师和学生在上游,他的学生,他的读者和听众,朋友和敌人。日落时,他仍将回到那里,因为不能不回去。天网恢恢,疏而不失。因为有一个老人坐在夕照里,等他的儿子。一个女人卧在床上,等她的丈夫。一群白皙的女孩在梦中,梦见她们的爸爸。因为有敌人在等他们争论的对手,有更多的朋友等他去输血,输信仰,输希望。因为有众多的读者、听众、学生,无形的,有形的,那些百眼兽,在等待它们的驯兽师、兽医、饲料。因为有一群猛烈的编辑埋伏在那里,一扑而上,准备舐食他的脑髓和心。有一把梳子,要收割他的落发。一柄剃刀，要刈尽他忧烦的髭须。几百亩的稿纸，要派克21去开垦。因为，血肉之躯，日日夜夜，谁能抵抗那许多电话，限时信，通知通知通知？危机四伏的日历，战战兢兢走过去，像走过一个布雷区。

初来岛上，那都市还是颇有田园风的小城。那时，红色出租车的蟹族尚未横行，单车骑士还有点潇洒的古典意味，他和同班的年轻骑士可以并辔疾驰，直到碧潭的桥下。回家的路上，他惯于停下来，为了贪看白鹭的那种白、稻田的那种青青。而一早，送报人便窜进所有的巷子，"像松鼠赛跑"。夜里，按摩者的笛音由远而近，由近而渺，似乎告诉他，诗人并不是唯一无寐的心。那时，他胡髭初生，和剃刀还不很亲近，领带可畏如吊索，女同学面前不肯戴眼镜。一切皆在未定之天，那样寂寞，那样年轻。

一辆火车正迤迤驶过对岸，曳着抒情的烟，向入海口的方向。那是他六年前往返驶行的一条路，每星期往返一次，而观音山就像仰卧的观音，在车窗外四起的暮色中伴他而行。这些事，在岛上发生的这一切细故琐事，当他在新大陆高速梦游的岁月，皆已轮廓模糊，今日忽然像对准了焦点的镜面，一草一木，秋毫悉现，延伸在他的面前。一刹那，他恍若立在时间的此岸，一览百里地眺视彼岸的风景。而碧澄澄的时间仍向前流着，向前面的海口，即使这样完美浑圆的一日，也将毫无痛楚地流去。不久，他又将回到那城市，再度投入那大磨子,让四肢百骸七情六欲接受与生俱来的重吨碾磨。天网恢恢。人网恢恢。肺癌织成的烟网、尘网、细菌之网亦恢恢。美丽的城市啊美丽得多么危险!他庆幸河流有入海口也有两岸,城市有中心也有四郊。他庆幸有一个生日,至少有一个生日能这样度过,这颗心能跳出时间的磁场,这个灵魂能升到天使的高度,这个日子竟如此甘洌可口,像用一根细长干净的麦管,从一个蓝玻璃杯中吸金红的橙汁。他知道,像所有佳日的夕暮一样,回城的车中,一种悔恨加心怯之情,必定当面向他袭来,像刚刚参加过一位情人的葬礼。

一九六八年十一月十一日

食花的怪客

古典文学的冒思庄教授，十五年来第一次系一个绯红的领结来上课。一进教室，他就感觉所有的目光都集中在他的颏下。他装出毫不在意的样子，走上讲台，开始讲课。一抬头，瞥见前排的几个女生正一面凑到一起咬耳朵，一面偷偷抬起眼睑，睨着他微笑。真不该系这红领结的，他想。每天早晨，冒思庄从单身教授的宿舍缓缓步行到学校来上课，总是穿一身深青色的西装，打一条灰郁郁的领带，天冷的时候，总是戴一顶暗蓝调子的法国小帽，遮住半白的短发。这一身打扮，已经成为校园里的十景之一。学生都戏称他常走的那条路为"罗马大道"。今天，法国小帽忽然不见了,这还不算,连灰领带也换成红领结。空前的大新闻,下礼拜的校刊上一定有一段的。

冒思庄开始讲解一首颇长的古典田园诗。"所谓牧神,是一种半人半兽的妖怪,出没在森林地区,追随酒神,而且向泽畔的仙子,水汪汪的仙子求爱……"冒思庄是赫赫有名的古典学者,他一走上讲台,底下立刻鸦雀无声,表示一种尊崇的肃静。他的班上常是人口最密的地方,可是正式选课的只占少数,因为他的分数太紧,十五年来没有几个学生能拿到八十分以上。偶尔从闪光的眼镜后扫视台下,冒思庄继续讲下去。八九十人的大教室里,只有一只迷路的黄蜂,震起一串高频率而低沉的营营。在讲台前面沉吟了好一会儿,断定春天不在这里,终于嗡嗡然,从另一扇窗口飞走。外面,杜鹃开得好热烈,红白缤纷,像一团爱情的雾。阳光从高高的榄仁树上落下来,斑斑点点的琥珀,溅满窗台,一直溅到临窗一个女生的迷你裙上。早晨九点多的空气,寂寂无风,犹带有草木的清芬和新鲜的露水气息。是这样晴美的日子,完整无憾得令人不习惯,令人蠢蠢欲动,想做点荒谬的事情。毕竟,雨季拖得太长太久了,森冷的潮湿压在人心上,像老伤口上的一条绷带。想着想着,冒思庄竟产生一种幻觉,似乎回荡在空中的声音不属于他自己。如果我能够从那扇窗口飞出去,他想,嗡嗡地飞出去,像一只自由的黄蜂，飞出去，把不属于自己的自己留在这里。飞出去，在下课的钟声之前飞回来……

忽然有一阵节拍迅疾的步声自长廊的彼端传来，愈来愈响，渐渐听得出是兽蹄的奔踹，叩地铿然。冒思庄大骇。正惊疑间，门外闯进来一个人，气喘吁吁地冲向后排，匆匆找到一个位子坐下，鲁莽的动作引发了全班的哗笑，冒思庄不得不暂时放下书本。

"你叫什么名字？"他冷峻地问。

"穆申。"陌生人笑嘻嘻地回答。

"你说什么？"冒思庄吓了一跳。

"我叫穆申。"高瘦然而结实的年轻人说，沉而宏的声音从他的浓髭间扬起，是令人感到威胁的男低音。

"什么？"

"他说他叫——穆——申——"旁边一个女生笑吟吟地解释。

"哦，"冒思庄松了一口气，"你好像不是本班的。"

"我也不是本系的。我是——"

"畜牧系？"

全班哄然。

"不，也不是。我来自远方——"

又是一阵笑声。有人笑得咳嗽起来。

"你是来旁听的？"冒思庄说。

目光炯炯的年轻人点点头。

"下次不要迟到，妨害别人。"

年轻人似笑非笑，耸一耸肩膀。

皱起眉头向他微愠地瞪了一眼，冒思庄继续讲课。但是他似乎不能专心讲课了。胸口好浓的虬毛，他想。这陌生青年刚才的横冲直闯，震耳的男低音，无畏的神色，无所顾忌的言谈，这一切，都令冒思庄感到心乱。好无礼的年轻人，他想。但立刻他又发现，自己对那旁听者的感觉也不是纯然的厌憎。厌憎，是的，但同时还感到羡慕。厌憎，加上羡慕。那不是妒忌了吗？冒思庄惑然了。冒思庄，古典文学的权威，名教授，名批评家，欧洲文学大师的及门弟子，竟然会去妒忌一个素昧平生的毛头小子，岂非天下奇闻！这问题，他在内心深处微笑，恐怕去问狮身人面妖也得不到答案。不过是一个毛头小伙子，他在心里复述一遍。毛头小——，那年轻人是毛发蓊茸的。想着，他又向陌生人的方向投了一瞥。果然须发鬖鬖，眼神灼灼。过了一会儿，冒思庄又不安地瞥了一眼，发现他耳朵似乎比别人长，且峻然向上削起，前额隆然，一副头角峥嵘的样子。出乎本能，冒思庄隐隐感觉他身上一定也是毛茸茸的。可惜下半身给遮住了，看不见脚，否则……

后排传来柔媚的笑声，由于半为笑者所抑显得特别含意深沉，令人分心。冒思庄发现一个女生半侧着脸，一面向那陌生人微笑，一面将长发掠向耳后。是甯芙——他努力思索，甯芙雅？一时冒思庄记不起她的第三个字。总之，是甯芙什么的就是了。冒思庄从来不点名，班上同学们的名字，他知道的，不会超过一打。这位甯芙——雅？听系里年轻讲师说起过，好像是系花——还是级花？总之不是一朵"墙花"。总之，连冒思庄也免不了要多看她一眼。这一眼就够了。这一眼，使冒思庄断定她是为爱情而生的。中世纪的传奇，文艺复兴的十四行诗，应该有这样一位女主角。已经第二学期了，冒思庄只和她说过两句话，不，应该说她只对冒思庄说过两句话，而冒教授只含笑对她点了点头。因为冒思庄受的是英国绅士的教育，在学生面前照例保持奥林帕斯式的崇高。有时候，他甚至想伸出手去，徐徐抚摸她们软软的头发，直至她们的形体波动起伏，成为良导体，如一只过敏的猫。

忽然，抑制不住的那笑声又从后排传来，短促，但异常丰沃。冒思庄抬起头来。他立刻大吃一惊。甯芙雅半仰起脸，正朝着陌生人笑，笑得十分动情，而穆申，那无礼的毛小子，正用臂毛茂密的手，缓缓地，似有意似无意地在抚弄她的长发。他们分看同一本书，靠得那么近，他的下颚几乎触及她的额角。冒思庄一直想做的,那毛小子现在竟然在做着。那毛小子,闯进来还不到半个钟头!十五年来,谁敢在他的班上这样放肆?冒思庄非常愤怒,激动之中,他几乎停止了讲课。学生们纷纷仰起面来,迷惑地看着他。难道你们没有注意到吗?他想问他们。一个陌生人,一个自称"来自远方"的陌生人闯了进来,这么一伸手,就摘去了你们的级花!可是一瞬间,冒思庄下不了决心,他继续吟诵那田园诗的末章。学生们也都垂下头去。但接着,又一件怪事发生了。教室的一角,隐隐传来兽蹄顿足之声,愈来愈响,半分钟后又逐渐消沉下去。明明是甯芙雅和毛小子的那个位置。但蹄声低沉时,又像在数百码外。这样周而复始,重复了三次。

"是谁?"冒思庄厉声喝问。

学生们大吃一惊,全抬起头来,茫然仰看着他。

"刚才是谁在顿脚?"说着他把目光射向那陌生的青年。甯芙雅满脸惊惶,像别的同学一样。死寂的气氛中,只有陌生人神色自若,嘴角似乎还挂着一痕淡淡的嘲笑。冒思庄再也忍不住了。他霍地站了起来。

正在这时,下课钟声铿铿响起。走廊上传来人声和步声,班上的同学以为冒思庄要下课了,也都推椅而起。

冒思庄再度走进教室的时候。一眼便看见那陌生人洒脱地坐在窗台上,一手拥着甯芙雅圆满的肩头,成为五六个同学聚谈的中心。冒思庄一皱眉头,在讲台上坐下。学生们纷纷回到座位。冒思庄正要开始,那陌生人忽然站起来。

"我建议,这一课大家到外面去上。"

"为什么?"冒思庄沉下了脸。

"天气这么好,闷在教室里,多别扭。"陌生人说。

"好嘛,好嘛,老师!"学生全哄起来。甯芙雅也在里面。

"那怎么可以——"

"好嘛,好嘛!"学生不肯放弃。甯芙雅一脸的委屈。

"不过,你们要守秩——"

班上爆起一阵欢呼。学生们争先恐后挤向门口,有的跨过前面的座椅,有的甚至从窗口跳了出去。陌生人牵着甯芙雅的手,跑在最前面。忽然,冒思庄惊呼起来。他看到陌生人的脚了。那是一对羊蹄。而几乎是在同时,他看到陌生人的额顶,赫然有一对角!他抓住旁边一个男生的手臂,惊喘地说:

"你看见他的角没有?"

"什么脚,老师?"

"那个旁听生,哪,跟甯芙雅走在一起的。你看他头上,有什么古怪没有?"

那男生看看陌生人,又看看冒思庄。他不解地摇摇头。另外一位男生跑上来,问他们有什么事。听了冒思庄的解释后,他也打量了那陌生人一下,同样地摇摇头。

这时,大家都到了青草地上,纷纷在杜鹃花丛中找地方坐下。整个校园显得闹哄哄的。在金晃晃的阳光里,晒不到三分钟,女孩子们纷纷脱下毛衣,男生们也把夹克褪了。冒思庄坐在草地的中央,也把西装上衣脱掉,随手抛在一枝杜鹃上。他继续讲课。可是他再也无法把注意力集中在书上了。坐的是真的芳草,倚的是真的鲜花,活的阳光抚在他新剃的面颊上,像一只——一只温柔的手掌。他注意到,学生们也都无心听讲了,有些躲在花丛里喊喊喳喳在讲话,有些干脆躺下来,闭起眼睛晒太阳。一只黑底黄斑的花蝴蝶,停在冒思庄膝头摊开的书页上,彩翼颤颤地憩了一会儿,又飞去另一本书上。两个女生站起来想捉它。坐在远处的一个男生嚷起来。

"老师,我们听不见!"他举手说。

冒思庄颓然把书合上,歇一口气。忽然有一曲笛音扬起,自杜鹃花丛的背后。那样幽美清雅的旋律,一转三折,回旋又回旋,像对怔怔出神的牛群和羊群,赞叹牧野的开旷、草的芬芳、云的悠闲,和近处水流的自得自在。大家都放下了书本。笛音一变,如歌的行板变成谐谑调,像在笑诉女神的惊逸和牧神的亢奋,和牧羊人无法排遣的妒羡之情,最后,以黄昏的炊烟,那样袅袅而起的炊烟,袅袅作结。大家从半寐的神游中醒来,不自禁地拍起掌来。须发鬈鬈的高瘦青年,从花丛后站了起来,手里扬起一管笛子。接受完大家的掌声,他大声说:

"这才叫春天!可惜没有带野餐来,否则我们可以在草地上野餐。别笑,别笑!看我野餐给大家看。"

说着他随手采了一束杜鹃花一朵接一朵地嚼了起来。他嚼得津津有味,同时轧轧有声,片刻工夫,竟然吃得精光。他拍拍手,喉结上下一阵移动,显然,都咽下去了。大家惊得怔怔地,接着,又鼓起掌来。

"怎么样?"那陌生青年得意地叫,"你们那些什么明喻、暗喻、反喻、矛盾语法、无韵体、意大利体,能吃吗?把那些死的春天吐掉吧。要吃,吃活的。像我这样——"

他弯下腰去,再站直时,他的手里握了一把青草。连根带泥,不到一刻工夫,那把青草和纠结在一起的小紫花球全被他吃光了。

"连根吃，比巧克力还甜。"说罢，他舐唇呐舌，把粘在髭上的一些草屑都卷了进去。学生们兴致勃勃，纷纷学起他的样来。冒思庄不自觉地也折了一朵粉红的杜鹃，放进嘴里去尝尝。立刻，他又把花瓣吐了出来。他觉得胃中翻腾得好难受，好像要呕的样子。抬起头来，冒思庄发现几乎全班都在咀花嚼草，吃得津津有味。忽然，他感到怒不可遏。他霍然站起身来，向那陌生人走过去。他发现那两角的怪物正覆在甯芙雅的身上，毛茸茸的手臂圈着她的腰和背。显然，两人在争噬一朵粉红的杜鹃，多须的嘴压在丰腴的唇上。

"起来，你这畜生！"冒思庄忘其所以地扑过去，一只手按在甯芙雅的肩上，另一只猛攫住陌生人的右臂。陌生人放下女孩子，站了起来。两个男人扭成一团，冒思庄两手分握住对方的两只角，陌生人狠狠地抓住他的红领结，一时秩序大乱。女生惊呼。男生跑过来拉架。杜鹃花摇来摆去。围观的路人愈来愈多。

最后，来了两名校警。

冒思庄躺在单身宿舍的床上。虫声幽幽，在细密的纱窗外，翻来覆去说夜有多静。空中寂寂无风。五月初暖的气候，黑而神秘的夜轻轻覆在他脸上，像天鹅绒的猫掌。那样温柔的黑天鹅绒，似乎里面没有猫爪。但是他知道，里面有尖尖的爪子，迟早会从松软的绒里透出来。听着虫声，他知道屋顶的天线上是密密的星，星光下，有多少草叶在酿制晶冷的露水。他的舌上还有杜鹃花液汁的味道、泥土淡淡的腥气。耳中，还回旋着牧笛的余韵，一时，他分不清那是户外的虫声，还是他的记忆。而感觉最强烈的，是他的手，露在薄毛毡外的两手。左手，是那陌生人多毛、多汗，肌腱勃怒的臂留下的感觉；右手，是甯芙雅，啊，甯芙雅，她圆滑的肩头留下的余温。被蛊的双掌。左和右的感觉竟有这样尖锐的不同！只是在对比之中，似乎有一样东西是相同的。一样说不出的什么，和他在鸡尾酒会上、颁奖典礼时握手的感觉，截然相异。他想起，护士为他打针时，手指按在他卷起衣袖的臂上，理发师为他修面，手指抚过他光滑的下巴，车上售票员找回零币，指尖停留在他掌心，只停留那么几分之一秒。但那些只是职业性的接触，他知道她们对所有人都是如此。今天早晨，在纯然忘我的一闪一瞬之间，简直是同时，他的手，他的手竟和出汗的青铜和暖暖的大理石合成一体。那是怎么样活着的一刹那啊！那一瞬，可以偿付整个学术界的侧目和学生们在他背后的指指点点而有余。现在，他发现自己并不恨陌生人,恰恰相反,他竟有点感激他,感激他为自己撞穿了一道什么。同样,他知道自己对甯芙雅也无所谓爱情不爱情。那才奇怪呢,他苦笑。"这件事,没有我的份;既非父亲,也非情人。"[1]诗人这么说过。在这件事上,冒思庄一直是无份的,像一截绝缘体。四岁起,他就失去母亲。在大学里,徒有才子之名,一个女朋友也没有。在欧洲留学的第二年,窃慕英国教授的金发夫人,没有念完就转学了。一身兼独子、孤儿、单身汉之大成,他常这样自嘲,从来不知道母亲、姐妹、情人、妻子、女儿,是怎么一回事。

第二天早晨,仍是晴天,冒思庄仍旧系着那个红领结来上课。那陌生的旁听者不再出现。没有人知道他哪里来的,或是回哪里去。

---

① 出自[美]西奥多·罗特克的诗《给珍妮的挽歌》。——编者注

丹佛城
——新西域的阳关

城，是一片孤城。山，是万仞石山。城在新的西域。西域在新的大陆。新大陆在一九六九的初秋。你问：谁是张骞？所有的白杨都在风中摇头，萧萧。但即使新大陆也不太新了。四百年前，新大陆还是红蕃各族出没之地，侠隐和阿拉帕火的武士纵马扬戈，呼啸而过。然后来了西班牙人。然后来了联邦的骑兵，忽然发一声喊："黄金，黄金，黄金！"便招来汹涌的淘金潮，喊热了荒冷的西部。于是凭空矗起了奥马哈，丹佛，雷诺。最后来的是我，来教淘金人的后人如何淘如何采公元前东方的文学——另一座金矿，更贵，更深。这件事，不想就不想，一想，就叫人好生蹊跷。

一想起西域，就觉得好远，好空。新西域也是这样。科罗拉多的面积七倍于台湾，人口却不到台湾的七分之一。所以西出阳关，不，我是说西出丹佛，立刻车少人稀。事实上，新西域四巷竞走的现代道，只是千里漫漫的水泥荒原，只能行车，不可行人。往往，驶了好几十里，夐不见人，鹿、兔、臭鼬之类倒不时掠过车前。西出阳关，何止不见故人，连红人也见不到了。

只见山。在左。在右。在前。在后。在脚下。在额顶。只有山永远在那里，红人搬不走，淘金人也淘它不空。在丹佛城内，沿任何平行的街道向西，远景尽处永远是山。西出丹佛，方觉地势渐险，已惊怪石当道，才一分神，早陷入众峰的重围了。于是蔽天塞地的洛基大山连嶂竞起，交苍接黛，一似岩石在玩叠罗汉的游戏。而要判断最后是哪一尊罗汉最高，简直是不可能的。因为三盘九弯之后，你以为这下子总该登峰造极了吧，等到再转一个坡顶，才发现后面，不，上面还有一峰，在一切借口之外傲然拔起，耸一座新的挑战。这样，山外生山，石上擎石，逼得天空也让无可让了。因为这是科罗拉多，新西域的大石帝国，在这里，石是一切。洛基山是史前巨恐龙的化石，蟠蟠蜿蜒，矫乎千里，龙头在科罗拉多，犹有回首攫天吐气成云之势，龙尾一摆，伸出加拿大之外，昂成阿拉斯加。对于大石帝国而言，美利坚合众国只是由两面山坡拼成，因为所谓大陆分水岭（Continental Divide），鼻梁一样，不偏不颇切过科罗拉多的州境。我说这是大石帝国，因为石中最崇高的一些贵族都簇拥在这里，成为永不退朝的宫廷。海拔一万四千英尺①以上的雪峰，科罗拉多境内，就拥有五十四座，郁郁垒垒，亿万兆吨的花岗岩、片麻岩在重重叠叠的青苍黯黷之上，擎起眩人眼眸的皑皑，似乎有一个冷冷的声音在上面说：最白的即是最高。也就难怪丹佛的落日落得特别早，四点半钟出门，天就黑下来了。西望洛基诸峰，横障着多少重多少重的翠屏风啊！西行的车辆，上下盘旋为劳，一过下午三点，就落进一层深似一层的山影中了。

树，是一种爱攀山的生命，可是山太高时，树也会爬不上去的。秋天的白杨，千树成林，在熟得不能再熟的艳阳下，迎着已寒的山风翻动千层的黄金，映人眉眼，使灿烂的秋色维持一种动态美。世彭戏呼之为"摇钱树"，化俗为雅，且饶谐趣。譬如白杨，爬到八千多呎，就集体停在那里，再也爬不上去了。再高，就只有针叶直干的松杉之类能够攀登。可是一旦高逾万二三千呎，越过了

---

① 英尺，旧时写作"呎"，1英尺=0.3048米。

所谓"森林线"（timber line），即高贵挺拔的柏树也不胜苦寒，有时整座森林竟会秃毙在岭上，苍白的树干平行载立得触目惊心，车过时，像检阅一长列死犹不仆的僵尸。

入山一深，感觉就显得有点异样。空气稀薄，呼吸为难，好像整座洛基山脉就压在你胸口。同时耳鸣口干，头晕目涩，暂时产生一种所谓"高眩"（vertigo）的症状。圣诞之次日，叶珊从西岸飞来山城，饮酒论诗，谈天说地，相与周旋了七夕才飞去。一下喷射机，他就百症俱发，不胜晕山之苦。他在伯克利住了三年，那里的海拔只有七十五呎，一听我说丹佛的高度是五二八〇，他立刻心乱意迷，以后数日，一直眼花落井，有若梦游。乃知枕霞餐露、骑鹤听松等传说，也许可以期之费长房王子乔之属，像我们这种既抛不掉身份证又缺不了特效药的凡人，实在是难可与等期啊。费长房王子乔渺不可追，倒也罢了。来到大石帝国之后，竟常常想念两位亦仙亦凡的人物：一位是李白，另一位是米芾。不提苏轼，当然有欠公平，可是高处不胜寒的人，显然是不宜上洛基山的。至于韩愈那样"小鸡"气，上华山而不敢下，竟毂觫坐地大哭，"恐高症"显然进入三期，不来科罗拉多也罢。李白每次登高，都兴奋得很可笑也很可爱。在峨眉山顶，"余亦能高咏"的狂士，居然"不敢高声语，恐惊天上人"，真是憨得要命吧。只是跟这样的人一起驾车，安全实在可忧。我来丹佛，驾车违警的传票已经拿过四张。换了李白，斗酒应得传票百张。至于米芾那石癫，见奇石必衣冠而拜，也是心理分析的特佳对象。我想他可能患有一种"岩石意结"（rock complex），就像屈原可能患有"花狂"（floramania）一样。石奇必拜，究竟是什么用意呢？拜它的清奇高古呢，还是拜它的头角峥嵘，拜它的坚贞不移呢，还是拜它的神骨仙姿？总之，这样的石痴石癖，与登洛基大山，一定大有可观，说不定真会伏地不起，蝉蜕而成拜石教主呢。

说来说去，登高之际，生理的不适还在其次，心理的不安恐怕更难排除。人之为物，卑琐自囿得实在可悯。上了山后，于天为近，于人为远，一面兴奋莫名，飘飘自赏，一面又惶恐难喻，悚然以惊，怅然以疑。这是因为登高凌绝，灵魂便无所逃于赤裸的自然之前，而人接受伟大和美的容量是有限的，一次竟超过这限度，他就有不胜重负之感。将一握畏怯的自我，毫无保留地掷入大化，是可惧的。一滴水落入海中，是加入，还是被并吞？是加入的喜悦，还是被吞的恐惧？这种不胜之感，恐怕是所谓"恐闭症"的倒置吧。也许这种感觉，竟是放大了的"恐闭症"也说不定，因为入山既深，便成山囚，四望莫非怪石危壁，可堪一惊。因为人实在已经被文明娇养惯了，一旦拔出红尘十丈，市声四面,那种奇异的静便使他不安。所以现代人的狼狈是双重的:在工业社会里,他感到孤绝无援,但是一旦投入自然,他照样难以欣然神会。

而无论入山见山或者入山浑不见山,山总在那里是一个事实。也许踏破名山反而不如悠然见南山。时常,在丹佛市的闹街驶行,一脉青山,在车窗的一角悠然浮现,最能动人清兴。我在寺钟女子学院的办公室在崔德堂四楼。斜落而下的鳞鳞红瓦上,不时走动三五只灰鸽子,嘀嘀咕咕一下午的慵倦和温柔。偶尔,越过高高的橡树顶,越过风中的联邦星条旗和那边惠德丽教堂的联鸣钟楼,洛基诸峰起伏的山势,似真似幻地涌进窗来。在那样的距离下,雄浑的山势只呈现一勾幽渺的轮廓,若隐若现若一弦琴音。最最壮丽是雪后,晚秋的太阳分外灿明,反映在五十哩①外的雪峰上,皎白之上晃荡着金红的霞光,那种精巧灵致的形象,使一切神话显得可能。

每到周末,我的车头总指向西北,因为世彭在丹佛西北二十五哩的科罗拉多大学教书,他家就在洛基山黛青的影下。那个山城叫博尔德(Boulder),也就是庞然大石之义。一下了超级大道,才

---

① 哩即为英里,1英里=1609.344米。

进市区，嵯峨峻峭的山势，就逼在街道的尽头，举起那样沉重的苍青黛绿，俯临在市镇的上空，压得你抬不起眼睫。愈行愈近，山势愈益耸起，相对地，天空也愈益缩小，终于巨岩争立，绝壁削面而上，你完完全全暴露在眈眈的巉崯之中。每次进博尔德市，我都要猛吸一口气，而且坐得直些。

到了山脚下的杨宅，就像到了家里一样，不是和世彭饮酒论戏（他是科大的戏剧教授），便是和他好客的夫人惟全摊开楚河汉界，下一盘象棋。晚餐后，至少还有两顿消夜，最后总是以鬼故事结束。子夜后，市镇和山都沉沉睡去，三人才在幢幢魅影之中，怵然上楼就寝。他们在楼上的小书房里，特为我置了一张床，我戏呼之为"陈蕃之榻"。戏剧教授的书房，不免挂满各式面具。京戏的一些，虽然怒目横眉，倒不怎么吓人，唯有一张歌舞伎的脸谱，石灰白的粉面上，一双似笑非笑的细眼，红唇之间嚼着一抹非齿非舌的墨黑的什么，妩媚之中隐隐含着狰狞。只要一进门，她的眼睛就停在我的脸上，睐得我背脊发麻。所以第一件事就是把她取下来，关到抽屉里去。然后在洛基山隐隐的鼾息里，告诉自己这已经够安全了，才勉强裹紧了毛毡入睡。第二天清晨，拉开窗帷，一大半是山，一小半是天空。而把天挤到一边去的，是屹立于众山之上和白雾之上的奥都本峰，那样逼人眉睫，好像一伸臂，就染得你满手的草碧苔青。从博尔德出发,我们常常深入洛基山区。九月间,到半山去看白杨林子,在风里炫耀黄金,回来的途中,系一枝白杨在汽车的天线上,算是俘虏了几片秋色。中秋节的午夜,我们一直开到山顶,在盈耳的松涛中,俯瞰三千呎下博尔德的夜市。也许是心理作用,那夜的月色特别清亮,好像一抖大衣,便能抖落一地的水银。山的背后是平原是沙漠是海,海的那边是岛,岛的那边是大陆,大陆上是长城是汉时关秦时月。但除了寂寂的清辉之外,头顶的月什么也没说。抵抗不住高处的冷风,我们终于躲回车中,盘盘旋旋,开下山来。

月下的山峰,景色的奇幻,只有雪中的山峰可以媲美。先是世彭说了一个多月,下雪天一定要去他家,围着火锅饮酒听戏,然后踏雪上山,看结满坚冰的湖和山涧。他早就准备了酒、花生和一大锅下酒菜,偏偏天不下雪。然后十月初旬的一个早晨,在异样的寂静中醒来,觉得室内有一种奇幻的光。然后发现那只是一种反射,一层流动的白光浮漾在天花板上。四周阒阒寞寞,下面的街上更无一点车声。心知有异,立刻披衣起床。一拉窗帷,那样一大幅皎白迎面给我一掴,打得我猛抽一口气。好像是谁在一挥杖之间,将这座钢铁为筋水泥为骨的丹佛城吹成了童话的魔境,白天白地,冷冷的温柔覆盖着一切。所有的树都枝柯倒悬如垂柳,不胜白天鹅绒的重负。而除了几缕灰烟从人家烟囱的白烟斗里袅袅升起之外，茫然的白毫无遗憾的白将一切的一切网在一片惘然的忘记之中，目光尽处，洛基山峰已把它重吨的沉雄和苍古羽化为几两重的一盘奶油蛋糕，好像一只花猫一舐就可以舐净那样。白。白。白。白外仍然是白外，仍然是不分郡界、不分州界的无疵的白。那样六角的结晶体、那样小心翼翼的精灵图案，一吋①一吋地接过去接成千哩的虚无什么也不是的美丽，而新的雪花如亿万张降落伞似的继续在降落，降落在洛基山的蛋糕上，那边教堂的钟楼上，降落在人家电视的天线上，最后降落在我没戴帽子的发上。当我冲上街去张开双臂几乎想大嚷一声，结果只喃喃地说：冬啊冬啊你真的来了。我要抱一大捧回去，装在航空信封里，寄给她一种温柔的、思念美丽的求救信号，说我已经成为山之囚后又成为雪之囚，白色正将我围困。雪花继续降落，蹑手蹑脚，无声地依附在我的大衣上。雪花继续降落，像一群伶俐的精灵在跟我捉迷藏，当我发动汽车，用雨刷子来回驱逐风挡玻璃上的积雪。

最过瘾是在第二天，当积雪的皑皑重负压弯了枫榆和黑橡的枝桠，且造成许多断柯。每条街上都多少纵横着一些折枝，汽

---

① 吋，英寸的简写，1吋=2.54厘米。

车迂回绕行其间，另有一种雅趣。行过两线分驶的林荫大道，下面溅起吱吱响的雪水，上面不时有零落的雪块自高高的枝桠上滑下，砰然落在车顶，或坠在风挡玻璃上，扬起一阵飞旋的白霰。这种美丽的奇袭最能激人豪兴，于是在加速的驶行中我吆喝起来，亢奋如一个马背的牧人。也曾在五湖平原的密西根冻过两个冰封的冬季，那里的雪更深，冰更厚，却没有这种奇袭的现象，因为中西部下雪，总在感恩节的附近，到那时秋色已老，叶落殆尽，但余残枝，因此雪的负荷不大。丹佛城高一哩，所谓高处不胜寒，一到九月底十月初，就开始下起雪来，有的树黄叶未落，有的树绿叶犹繁，乃有折枝满林断柯横道的异景。等到第三天，积雪成冰，枝枝桠桠就变成一丛丛水晶的珊瑚，风起处，琅琅相击有声。冰柱从人家的屋檐上倒垂下来，扬杖一挥，乒乒乓乓便落满一地的碎水晶。我的白车车头也悬满冰柱，看去像一只乱髭的大号白猫，狠狈而可笑。

高处不胜寒，孤峙在新西域屋顶上的丹佛城，入秋以来，已然受到九次风雪的袭击。雪大的时候，丹佛城瑟缩在零下的气温里，如临大敌，有人换上雪胎，有人在车胎上加上铁链，辚辚辘辘，有一种重坦克压境的声威。州公路局的扫雪车全部出动，对空降的冬之白旅展开防卫战，在除雪之外，还要向路面的顽雪坚冰喷沙撒盐，维持数十万辆汽车的交通。我既不换雪胎，更不能忍受铁链铿铿对耳神经的迫害，因此几度陷在雪泥深处，不得不借路人之力，或者招来庞然如巨型螳螂的拖车，克服美丽而危险的"白祸"。当然，这种不设防的汽车，只能绕着丹佛打转。上了万呎的雪山，没有雪胎铁链，守关人就要阻止你前进。真正大风雪来袭的时候，地面积雪数呎，空中雪扬成雾，百哩茫茫，公路局就要在险隘的关口封山，于是一切车辆，从横行的黄貂鱼到猛烈的美洲豹到排天动地而来体魄修伟像一节火车车厢的重吨大卡车，都只能偃然冬蛰了。

就在第九次风雪围攻丹佛的开始，叶珊从西海岸越过万仞石峰飞来这孤城。可以说，他是骑在雪背上来的，因为从丹佛国际机场接他出来不到两分钟，那样轻巧的白雨就那样优优雅雅舒舒缓缓地下下来了。叶珊大为动容，说自从别了爱荷华，已经有三年不见雪了。我说爱荷华的那些往事提它做什么，现在来了山国雪乡，让我们好好聊一聊吧。当晚钟玲从威斯康星飞来，我们又去接她，在我的楼上谈到半夜，才冒着大雪送她回旅店。那时正是圣诞期间，"现代语文协会"在丹佛开年会，英文、法文、德文、意大利文、西班牙文，甚至中文、日文的各种语文学者，来开会的多到八千人，一时咬牙切齿，喃喃喊喊，好像到了巴别塔一样。第二天，叶珊正待去开会，我说："八千学者，不缺你一个，你不去，就像南极少了一只企鹅,谁晓得!"叶珊为他的疏懒找到一个遁辞,心安理得,果然不甚出动,每天只是和我孵在一起,到了晚上,便燃起钟玲送我的茉莉蜡烛,一更,二更,三更,直聊到舌花谢尽眼花灿烂才各自爬回床去。临走前夕,为了及时送他去乘次晨七时的飞机,我特地买了一个华美无比的西德闹钟,放在他枕边。不料到时它完全不闹,只好延到第二天走。凭空多出来的一天,雪霁云开,碧空金阳的晴冷气候,爽朗得像一个北欧佳人。我载叶珊南下珂泉,去瞻仰有名的"众神乐园"。车过梁实秋、闻一多的母校,叶珊动议何不去翻查两位前贤的"底细",我笑笑说:"你算了吧。"第二天清晨,闹钟响了,我的客人也走了。地上一排空酒瓶子,是他七夕的成绩。而雪,仍然在下着。

等到刘国松挟四十幅日月云烟也越过大哉洛基飞落丹佛时,第九场雪已近尾声了。身为画家,国松既不吸烟,也不饮酒,甚至不胜啤酒,比我更清教。我常笑他不云不雨,不成气候。可是说到饕餮,他又胜我许多。于是风自西北来,吹来世彭灶上的饭香,下一刻,我们的白车便在丹佛、博尔德间的公路上疾驶了。到博尔德正是半下午的光景,云翳寒日,已然西倾。先是前几天世彭和我踹着新雪上山,在皓皓照人的绝壁下,说这样的雪景,国松应该来膜拜一次才对。现在画家来了,我们就推他入画。车在势蟠龙蛇黛黑纠缠着皎白的山道上盘旋上升，两侧的冰壁上淡淡反映冷冷的落晖。寂天寞地之中，千山万山都陷入一种清而古远的冷梦，像在追忆冰河期的一些事情。也许白发的朗士峰和劳伦斯峰都在回忆，六千万年以前，究竟是怎样孔武的一双手，怎样肌腱勃怒地一引一推，就把它们拧得这样皱成一堆，鸟在其中，兔和松鼠和红狐和山羊在其中，松柏和针枞和白杨在其中，科罗拉多河、阿肯色河诞生在其中。道旁的乱石中，山涧都已结冰，偶然，从一个冰窟窿底，可以隐隐窥见，还没有完全冻死的涧水在下面琤琤玐玐地奔流向暖洋洋的海。一个戴遮耳皮帽的红衣人正危立在悬崖上，向乱石堆中的几个啤酒瓶练靶，枪声瑟瑟，似乎炸不响凝冻的寒气，只擦出一条尖细的颤音。

转过一个石岗子，眼前豁然一亮，万顷皑皑将风景推拓到极远极长，那样空阔地白颤颤地刷你的眼睛。在猛吸的冷气中，一瞬间，你幻觉自己的睫毛都冻成了冰柱。下面，三百呎下平砌着一面冰湖，从此岸到彼岸，一抚十哩的湖面是虚无的冰，冰，冰上是空幻的雪，此外一无所有，没有天鹅，也没有舞者。只有冷然的音乐，因为风在说，这里是千山啊万山的心脏，一片冰心，浸在白玉的壶里。如此而已，更无其他。忽然，国松和世彭发一声喊，挥臂狂呼像叫阵的印第安人，齐向湖面奔去。雪，还在下着。我立在湖岸,把两臂张到不可能的长度,就在那样空无的冰空下,一刹间,不知道究竟要拥抱天,拥抱湖,拥抱落日,还是要拥抱一些更远、更空的什么,像中国。

一九七〇年一月于丹佛

第二辑

如何谋杀名作家

一提起什么名作家之流，
没有一个人不感到愤愤不平，
甚至包括名作家自己。

如何谋杀名作家

一提起什么名作家之流,没有一个人不感到愤愤不平,甚至包括名作家自己。仇恨名作家,是仇恨名人的一个例子。这并不意味着,一般人对无名作家就没有仇恨,只是一般人根本不知道无名作家是谁,要恨也无从恨起。结果,只剩下站在亮里的那些人物,几乎不要瞄准,就可以打中。这,乃是名作家的危机了。怪不得英文把攀龙附凤叫作"猎狮子"(lion-hunting)。攀之附之,不受攀附,乃逐而猎之。动作不同,动机则一。不过名作家之为物,是再脆弱也不过的,就算他是所谓的狮子,也不过是一只纸糊的蹩脚狮子罢了。这种狮子,尽管毛发俨然,也会不打自倒，连吼都不吼一声。就算要打，也不必真用猎枪。事实上，要谋杀一位名作家，比什么都容易。法律对于谋杀名作家——那就是说，只要你做得天衣无缝——并无明文禁止；就有，也不会比禁猎区的禁令更严格执行。何况对于名作家的敌意，可说是人同此心，只要你愿意，立刻可以找到千百个同志，不，同谋。在这件事上，社会永远是同情谋杀者的。据我所知，至少有下面这几种人，愿意和你合作。

第一是编辑。所谓编辑，天经地义，名正言顺，是法定的猎狮人。他最嗜食的一道菜，是狮子脑髓。最有力的一件武器，是"截稿日期"。亮出这件兵器，没有一头狮子不魂飞魄散的。名作家的任何借口，什么灵感、直觉、情绪、健康、艺术良心等，一旦面临这个铁的事实，立刻显得幼稚可笑，提都别提。"截稿日期"这四个字，像一道符咒一样，对文坛上的一切妖怪，都有点镇邪的作用。任何编辑念起这道咒来，立刻威风凛凛，俨然道士，或者像位驯兽师。这武器尚有一些附件，可以增加它的杀伤力。"截稿日期"既定，还可以三日一个电话，五日一封限时信，搞得他神魂不定，不知道什么时候会挨定时炸弹。因为闻电话铃而心不惊，见限时红条而眼不跳的高士，毕竟是少数。如果采菊尚未盈握，忽然夫人从窗内大声说："《作品》编辑又来电话了！"即使你是陶渊明，恐怕也无心欣赏南山了吧。

蹩脚狮子既然这么听话，饲料当然可以从简。别的物价可以比高，唯独几个刊物的稿价可以比低。征稿启事上可以说："每千字自三十元至五十元。"事实上呢，每个作者都给五十元，使他们油然而生"比下有余"之情，甚至感激涕零。事实上，这不过是把文化乞丐的饭碗分成九等罢了。最后，稿费单终于来了。握在手里，又像"脑浆外流"（brain drain）的赎券，又像一张灵魂的当票，连一只猫都喂不饱，何况一头狮子？问题是猫有九条命，而狮子只有一条。有了编辑参加谋杀团的秘密组织，那条命真是危在旦夕了。

实际上，编辑的罪名是冤枉的，因为他充其量只是一名从犯，真正的主犯是他的老板：报纸、期刊、丛书和书店的老板。这些人大半生就是文化慈善家的风度，手中一幅文化远景的大地图，把屠狮的匕首裹得密不透风。在"图穷匕首见"之前，他阔谈中国文化前途的语气，和眉宇间那一股先忧后乐，舍身喂虎，不，舍身喂狮的神情，令人不能不相信他就是文化界的救世主。光听他的庞大计划，连联合国的教科文组织都显得寒酸，其周到的程度，似乎连你的身后事都已经有人料理了。不过，说大话的人照例用小钱。一旦谈到版税或版权费，他的说辞就会急转直下，说什么看在中国文化的整个前途上,只好暂时让你委屈一下。好像你不点头,他的事业就将功亏一篑,你一点头,中国文化就立刻开花结果。事实上,他的"暂时"就是"永久"。这类文化术语,必须事先研究清楚,才能避免严重的误会。等到版权一脱手,原来的作者就像是亲生母亲,只能眼睁睁看养母虐待她的孩子;又像是离了婚的妻子,眼看孩子被强横的丈夫夺去。有一次,刚卖了三十万字巨著的一位名作家,对我泫然说:"算是领了一笔赡养费!以后是否按时支付,只有天晓得!"

不过,离了婚的"前妻",据说大半命硬,一时是克不死的。可是我们大可放心,因为"名作家谋杀团"人才济济,不久他们会打出第三张王牌:文艺运动家。这一类人自己爱好户外运动,尤其是团体游戏,例如捉迷藏等,所以无论是否同好,都爱邀来同乐。既然这种团体游戏叫作文艺运动,独缺作家,总是不太妥当。所以在这种同乐会上,居然也有作家的节目,也就不用大惊小怪了。如果说编辑和老板意在"猎狮",则运动家的兴趣只在"戏狮"。在这种情形下,运动家真有点驯兽师甚至马戏班班主的气概。在这种意义下,他手中最威严的鞭子,是"开会通知"。这条鞭影横在文坛上空,哪一头狮子不畏惧几分?信封左上角赫然八个大字:"开会通知,提前拆阅。"明知凶多吉少,内容恐怖,但除非你是魏晋人物，谁敢不立刻放下手中的要事，真的提前拆阅？开会的前几天，已经觉得有一片阴影向你伸来。健忘型的天才，每天吃过早饭，更不敢不将大小通知抽出来详读一遍，企图记住前前后后的日期。到了开会那天，他果然按时赴会。"我不去会场，谁去会场？"那种情操，真有点从容赴义的意味。到了会场，主席照例宣布，今天的同乐会节目，和上次的完全一样，和下次的也不会有什么不同：仍旧是"捉缪斯"。结果当然是白捉一场。如果缪斯有一个地方绝对不去，那就是开会的地方；如果缪斯有一种男人绝对不嫁，那就是开会的男人。

另一种运动家是文艺社团的主持人。他的任务是叫狮子表演，也就是舞狮子的意思。只要能驱出一头狮子，只要那狮子须鬣蓬葆，也就够了，谁管它是真狮子还是"纨绔狮子"（dande lion）呢？把诗人介绍成小说家，把他的一本译书介绍成创作，是这类空心运动家的典型开场白。经过这么一番"创造的介绍"之后，即使是一头重磅的实心狮子，也会变成空心狮子了。而无论是空心狮子或实心狮子，上了讲台，谁能立在那里不吼呢？所以吼吧狮子，舞吧狮子。问题是，吼什么呢？吼旷野的寂寞，丛林的幽深？还是动物园的委屈，马戏班的痛苦？那未免太煞风景。说得太深，容易"狮心自用"，使台下人面面茫然。说得太浅，迁就了台下的"低眉人士"（the lowbrow），会使"高眉人士"失望，而自己也觉得不像狮话。事实上，台下人还是赶来看狮子的多，只要台上人能像米高梅的片头那样吼上两声，已够他们以后的谈助。

除非是表现欲特别强，可以说很少名作家愿意以口代笔，登台演讲的。见面不如闻名，开口不如闭口，这种例子太多太多。实际上，一位作家的全部菁华，已经收在他的作品之中。他的出版品不但是他的创作，也是他不落言诠的理论。可是文艺运动家是不会放过他的，于是任稿纸变为荒田，名作家席不暇暖，整天在会议室、讲台、电台之间奔走，招之即来，像文坛上的一辆出租车，任何人都可以搭乘，任何人都不必付钱。在一个叫钱作"阿堵物"的文明古国，看戏要买票，饮酒要付账，只有听演讲永远是免费。这当然是一件雅事，表示文化无价，只是一个月要登台几次的枵腹狮子受尽了雅罪。一人受罪，众人风雅，倒也罢了。有时连车费都要自付。所谓"狮子大开口"，真是冤枉好人，因为真的狮子启齿为难，遑论大开其口？美国当代诗人罗威尔（Robert Lowell）演讲一次，少则二百五十元，多则千金。这样的待遇，对于我们的这些空心狮子、蹩脚狮子、免费狮子、自备便当狮子，只能聊充神话，听听罢了。

可是狮子的危机尚不止此，因为在听众之外，尚有为数更多的读者。那么多的读者之中,只要有十分之一,不,百分之一喜欢写信给作家,则作家写作的时间,只好用来写信了。据说胡适晚年,连小学生问琐事的信,也要一一详复。在某方面说来,这种精神当然是伟大的,但对于写作的生命,不能不说是纯然的浪费。一个人如果不想竞选议员,或者赢得"最佳人缘奖",则他应该尽量节省邮票。王尔德有一次对韩黎说:"我知道有好些人,满怀光明的远景来到伦敦,但是几个月后就整个崩溃了,因为他们有回信的习惯。"回信诚然是一个坏习惯,但是它像吸烟一样,也不是容易戒绝的。一封未回的信,等于暗中一只向你控诉的手指,会令人神经紧张,心脏衰弱。如果你朦朦胧胧意识到暗中经常有几十只这样的手指,指向你的背心,则你的不安,就像几十枚炸弹在你身边着地,而竟然都没有爆炸一样。这时,除非你天生是王尔德,或是连小便也可以忍住不起床的嵇康,没有人能憋住气不回信的。所以,愿意参加"名作家谋杀团"的读者,尽管写信好了:回信,可以剥夺他的时间;不回信,可以鞭打他的良心,无论如何,对于谋杀名作家,总是有贡献的。

如果编辑、老板、运动家等对名作家进行的谋杀计划是合法的,则海盗的公然横行,应该是违法的了。可是我们的法律对于后者是宽恕的,宽恕到近乎默许的程度。如果偷书不罪,谓之雅贼,则盗印当然也无罪，可以谓之雅盗，因为只要与文化有关，就可以赢得雅名。于是我们这"金银岛"，成了海盗的安乐窝，取之无尽，用之不竭。除了整部书的盗印之外，免费的转载，不得同意的选列（unauthorized anthologizing），自由的引录，厚颜的窃据等，都是海盗们活动的节目。至于一篇作品可以被任意播诵，一首诗可以被任意谱曲，一部小说可以被任意编剧，一篇译文可以被任意删去原作者的名字等，足以证明海盗的活动范围并不限于下流社会。有了这么一支强大的援兵，"名作家谋杀团"的声势自然惊人。

可是谋杀团中最危险的分子，仍是那些职业凶手。他们的学名叫作"批评家"，那当然是很神气的一种头衔。批评家和作家之间的宿仇，可以追溯到公元以前，其间荣辱互见，可是一直到现在，谁也没有把对方杀死。事实上，没有批评家，作家一样可以活下去，而且活得快乐些；批评家虽然扬言要置作家于死地，但是一旦作家灭了种，批评家的假想敌不再存在，就会面临失业的困境。所以作家一方面是他名义上的敌人，另一方面又是他实际上的恩人，难怪他恨得更深。在西方，"批评家"（critic）一词源出希腊文的"法官"。但在中文里，"批评"从"手"从"言"，潜意识里，似乎鼓励批评家动口复动手。怪不得我们目前的批评，很有一点"战斗文艺"的精神。也怪不得，只要在名作家之中找到一个嫌疑犯，所有批评家立刻呼啸而至，不审不问，不用证人，就可以将他高高悬在吊人树上。这种三K党的私刑作风，和"法官"的原意，正好相反。

编辑、老板、运动家、读者、海盗、批评家，动员了这么多刺客、这么多狂热的谋杀专家，使用了这么多武器、这么多的谋杀方式，在整个文明社会的合作之下，庞大的"名作家谋杀团"已经工作了好几十年。成绩是可观的。因为名作家，生活在死亡阴影里的那头空心狮子、蹩脚狮子、七折八扣甚至免费照相的狮子，已经奄奄一息了。眼看狮子就要死去，不禁暗暗为文学的前途庆幸。不过同时我似乎又有一个疑问：狮子断气的时候，是否也就是"名作家谋杀团"解散之日？因为到那时候，编辑向谁去催稿，老板向谁去杀价，运动家赶谁去运动，读者向谁去冷战，海盗向谁去打劫，批评家对谁用私刑？到那时，埋葬在作家公墓里的，恐怕不仅是该死的作家吧？

一九六八年十一月十五日

噪音二题

如何预防癫痫症

《播种者胡适》无疑是一篇内行的文章,只是其中有一句话——"车声震耳的纽约"——似乎是说外行了。纽约市的人口接近八百万,但是市内,甚至曼哈顿区的第五街上,车声并不震耳。那是因为:交通量虽大,按喇叭的频率却很小。有时旋上车窗,尽管满目是车毂相错,人肩相摩,但耳际则静寂无声,如观哑剧。

车声震耳,移赠我们的台北市,可说名实相符,当之无愧。在我们这嚣嚣之城,震耳的何止车声?车声相迫之不足，更佐以人声，和无所不在无攻不克的收音机、电唱机之声，织成了一面恢恢天网。对于人声鼎沸，我虽然感到困扰，但还可以勉强忍受，因为人吵人，毕竟是以六尺之躯，鼓三寸之舌，制成的噪音，不公平之中尚不失有些公平。用机器制造噪音，十分贝百分贝之量，取决于手指旋钮之便，那才是杀人不见血。右邻便拥有这么一架机器，不，武器。一听就知道，那是一个大英雄在欣赏音乐。每天我都在心里咒诅他，咒诅他忽罹癫痫症。我倒不是在乱咒人。耳有异声，往往是癫痫症的前奏。据说舒曼和凡·高就是这样。

在听觉的世界里，人显然可以分成两类：一类其耳如花，一弹就破；一类其耳如盾，矢雨尚且不怕，何惧噪音？"世人闻此皆掉头，有如东风吹马耳"，照谪仙的说法，后一类人可以称为"马耳族"。有一天，我要是当选了台北市长，上任后第一件大事，便是集合全体市民，使他们接受一种噪音迫害器的测验。凡接受测验后奄奄一息的人，皆纳入"人耳族"；事后犹面不改色者，其必为"马耳族"无疑。然后我将人耳族尽迁城西，将马耳族尽迁城东，任他们去吹东风，或者台风。同时我将命令，凡吵闹的建筑物，例如机场、车站、车行、饭店、戏院、唱片行、酒家、议会等，一律设在城东，只有像学校、艺术馆、音乐厅、水族馆、动物园、天文台等安静的建筑物，才可以留在城西。马耳族人要在城西，一定要戴口罩；反之，人耳族人去城东时，得戴上耳罩，以维护神经。

这样，大概就没有忽罹癫痫症的危险了。

免于噪音的自由

《格列佛游记》的作者斯威夫特，一定欣赏我这种做法。只是有一件事，我一直拿不定主意。我实在不能决定，究竟大学应该设在城东，还是城西？照理说，大学生天经地义应该属于人耳族，因为知识分子原是一种思想的动物，而思想是无声的。不过这只是一个假设。事实上，大学生中多的是马耳族人，我甚至怀疑，马耳族人已经占领了我们的最高学府。

不久以前，我曾有机会证实了这项怀疑。那明明是一所学院的图书馆，可是我恍若置身于马耳族的市场。几百个大学生坐在里面，除了少数是在思想——至少他们没有张口——之外，其余的都谈笑自若，议论风生。忽然下课铃响，一时秩序大乱，旧的马耳族大撤退，新的马耳族大举进犯，有的仓皇推椅而起，有的匆匆合书而遁，有的马鸣萧萧，有的马蹄得得。我敢说，满架的庄子和柏拉图，一定全被吵醒了。

图书馆如此，教室当然好不到哪里去。已经响过上课铃，且已开始讲课，仍有失群之马，三三两两来归。后面的几排，尚有一匹害群之马，躲在那里嘶声可闻。下课铃一响，教室立刻变成了牧场，众马齐嘶，非一个牧童所能喝止。遇到别班先下课，"骓駓骊骆骊骝骡骠"，万蹄过处，只有惨遭蹂躏的份儿，而自己班上的一群骁腾，早已半数起立，跃跃欲去了。这时，我常常告诫自己厩中的群马：若要不受别人吵闹，自己下课时就千万不可学样。群马闻之，大都似笑非笑，显然，我的话只是又一阵过耳的东风。

除了这些烦恼，还有许多外来的迫害。工人敲打之声，若断若续，汽车相警之声，此呼彼应。下课的电铃声，煊赫威武像瓦格纳的音乐。最令人难堪的，是喷射机压境而过的厉呼，天聋地哑之际，师生相对无语，状若白痴。这种愚蠢的哑剧，有时候一堂课要复演三次。

叔本华在《论噪音》一文中，记述他一生受噪音的迫害。据他说，康德、歌德和李克登堡也有同感。叔本华说，没有思想的人所以不怕噪音，是由于他们脑中原就一片空白，没有什么在进行，当然无所谓横来噪音将之切断。身为大学中人，至少至少，也应该享有"免于噪音的自由"。如果大学生而竟向马耳族投降,从而自制噪音,互相残杀,那还不如将大学改成牧场,让人去拍西部片好了。

一九六八年四月二十日

放下这面镜子

十年前,我在《论新诗的大众化》一文中,曾经斩钉截铁地说:"二十世纪的新诗是一种提炼得非常精纯的艺术;它把单调的音乐还给流行歌曲,把整齐的排列还给图案,把叙述还给故事,把舞台还给戏剧,把论诗绝句还给批评家,把应酬与即景还给旧诗,把议论还给人生哲学家,把对于自然和生命的天真解释还给寓言家了。剩下来的是纯粹的诗,此即新诗。"

这样的做法,究竟是新诗的纯粹化,还是新诗的狭隘化,事隔十年,似乎应该有不同的解释了。在十年前,这种趋势确曾有不少诗人解释为"纯粹化",

但是，十年后的今天，国际性的无病呻吟已经淹没了我们的诗坛，这种趋势，无可讳言，只能视为诗的"狭隘化"罢了。

中国的文学批评，素有"诗言志"之说。用现代文学批评的术语来说，便是所谓"自我表现"。诗是一切文学之中，最具主观性的一个部门。"我"在诗中的主角任务，几乎诱使我们武断地说，诗简直可以称为"第一人称的艺术"。抒情诗成为诗的主要部门，原是非常自然的事。不过这种自我的表现，有一个微妙的分寸，超过这个分寸，这个"我"便无法与"你"交通，更丧失了"他"的独立性与具体感，也就是说，超过这个分寸，"我"就因为太泛滥、太朦胧，而不具社会性与时代性了。

浪漫诗人超过了这个分寸，乃陷入伤感与自怜，至其末流，除了"浓得化不开的情感"，几乎别无他物可予读者。缪塞甚至宣称，最幽美的诗仅仅是悲泣。针对这个病态，现代诗人曾经相诫，要约束泛滥的感情。在西方，艾略特一派作者特别标出古典，以遏止浪漫。在台湾现代诗运动的初期，遂有人输入"主知"的观念，以纠正"抒情"的横流。这原是一个很好的开始。可是，提倡主知，必须有极为深厚的思想和对于古典的修养为后盾，并不是提出口号就能奏功的。主知的大师，如艾略特和奥登者，没有一位不是在传统里打过滚的。纪弦先生虽然极力倡导主知，可是他的气质毋宁是浪漫的，"我"在他的诗中似乎有一种压倒性的存在。

> 因为我是一个奇迹，
> 一个奇迹中之奇迹；
> 也是一个悲剧，
> 一个悲剧中之悲剧。

像这样的诗句，谁能否认它的浪漫性呢？当艾略特强调诗应"无我"之际，纪弦先生的诗中，不但充满了"我"，甚至充满了极端形而下的"我"，如他的烟斗和手杖。我个人并不热衷于主知，也不以为诗中有"我"就怎么不好。我只想指出，纪弦先生当日的理论与创作之间，尚颇有一段距离而已。事实上，纪弦先生的一些好诗，好处都不在主知。例如纳入《中国现代诗选》中的那首《狼》，确是一篇不含糊的匕首式的作品，但其中所洋溢的情绪、感觉和极端放纵的个性，都与主知无关。在早期现代诗社的作者之中，最接近知性的，当数方思先生吧。

主知主义在我们的现代诗中，并未有多大的发展。不久它便为另一种趋势所取代。那种趋势，大致上以存在主义为里，而以超现实主义为表。这种一表一里的结合，是极为有趣的。两者有不少相似之处，例如，两者皆排斥理论、教条与概念，且反抗理性的控制，又皆认为生命乃一种变动不已的状态，由持续的瞬间串成，且强调无意识的无理性,等等。可是两者也有一个无可调和的差异，那就是，超现实主义要在徜徉的梦境中泯灭主观和客观的界限，而存在主义则强调自由选择的意志，采取行动的必要，以及随之而来的责任。我国的现代诗人，言存在主义必举萨特。事实上，萨特的哲学是入世的，他强调作家必须投入具有一定地域和时代背景的现实，且对社会起一些作用。基于这种信念，他甚至认为，真能起点作用的，还是散文，而不是诗，尤其不是超现实主义的诗。萨特对于超现实主义的攻击，是尽人皆知的事实。在长达十万字的一篇文章《一九四七年作家之处境》里，他再三指出超现实主义的矛盾与空洞。他说："自动文字，归根结底，只是主观之毁灭。"又说，"我正企图'用散文'，就超现实主义者所尝试的范围，对于介入这世界的'超现实主义'的全盘事实，做一次批判性的研究，以澄清它的意义。超现实主义的诗人们却回答说，我这样做不但危害了诗人，也误解了他们对内在生活的'贡献'。可事实上，他们何尝关心什么内在生活；他们要做的，是粉碎内在生活，并打倒主观与客观的分界。"我真希望，现代诗人们在企图调和阿拉贡和萨特之前，先仔细阅读那篇长文。

不过，我此地要指陈的，倒不是价值的问题，而是一个现象，一个日渐显著而终于无可掩饰的现象。存在主义的第一要义，就是"存在先于本质"。说得浅俗一点，就是先有经验，然后才产生对于那种经验的诠释。可是在我们的诗坛上，私淑萨特的某些作者，却把它读倒了。他们用演绎法的步骤，将西方哲人对于存在所体验出来的结论或提炼出来的本质，强加于东方人的存在经验之上。也就是说，身为东方作家的他们，不但接受了西方对存在的诠释，而且把它当作一把标准尺，来量东方人的存在经验，遇见不合西方尺寸的，便皱起眉，摇起头来。

萨特的信徒们也许会说，人类的存在经验，在基本上应该是一致的，因此，用一把标准尺也就够了。曰又不然。以水为喻，同样是水，在赤道上暖，在两极寒，甚且结冰；同样是水，碗盛之则圆，砚承之则方。存在的经验，依生存的环境而定：一个加拿大人的存在，不可能和一个印度人一致。奈何我们的存在主义者，几乎在"介入"之前，就熟记了存在的一些先定的"本质"，准备去存在之中，依方配药，按图索骥。诸如他们再三强调的什么"远征的情境""孤独的歌者""意义之伏魔"，以及"凡严肃艺术品均预示死之伟大与虚无之充盈"等，都可以说是把结论下在前面，从"观念"出发。这种作风，倒真是有点"学院派"了。要做萨特真正的信徒，就要勇敢地拥抱赤裸裸的此时此地的存在，就要自己去体验，不要带西方的夹带，更不要让萨特那老头子在巴黎按钮，做"遥远控制"。事实上，某些诗人虽然再三强调"发掘自我"，但是在他们举起鹤嘴锄和铁铲之前，对那个仍在矿中的自我，早已存有种种先定的意象，预期它是伟大的、孤独的、悲剧性的，甚或面目模糊的等。这种定了型的"自我意象"，仍然是演绎的、理想的，并非独创。

然而"独创"不正是我们现代诗人的口号吗？满纸乔伊斯、海明威，满袋萨特和加缪的夹带，在精神上早已不够独立，在作品上怎能完全创造？我们的超现实主义者，表面上虽然要"反传统"，奈何一举手一投足之间，无时无刻不在挟传统以自重，援传统以自圆其说。超现实主义在法国已经成为传统，在英美，甚至已经成为文学史的陈迹。（请参阅一九六六年增订本的 *The New Poetry: selected and introduced by Alvarez*）超现实主义者甚且回到我国最古老的传统——《老子》——之中去找脚注，这当然是很好的。不过，当老子发现，超现实主义者竟要用那么纷繁的意象，花那么大的气力，来表现他哲学中的"无"的时候，他老人家会有什么感想呢？

五色令人目盲，

　　五音令人耳聋。

　他老人家的这两句话，对于声繁色厉的超现实主义，也许不无启示吧？

✦

　由于一些现代诗人再三强调自我的发掘，自画像遂成为我们现代诗中最流行的作品。翻开一些诗集和诗刊，读者似乎走入了挂满自画像的画廊。自画像当然没有什么不好，凡·高的自画像就是我最喜欢的作品。可是现代诗中的自画像，似乎表现了两个倾向。第一，由于那种自我之发掘，大半是根据西方的结论，去鉴定东方的存在经验，开采的结果，往往只有泛泛的人性，也就是说，只有理想中的、观念化了的、欧化了的存在，个性和民族性并不怎么凸出。换句话说，这样画下去，可能愈画愈像西方人的。

　第二，由于现代诗在观念上是反浪漫的，诗人们在自画像上似乎不敢直接处理感情，怕招来"抒情"之讥。在存在主义和弗洛伊德的双重压力下，自画像上的感情遂为情欲所取代。结果有时候是

"浓得化不开的情欲"取代了"浓得化不开的情感"。我实在不能决定，这种转变是否能算一种"进步"。徐志摩洋溢的柔情，换成今日充塞的赤欲，现代诗人冲出了浪漫的情网，立刻又堕入了存在的欲障。感情固然不是人性的全貌，情欲恐怕也不能概括人性吧。宣泄感情，容易陷入伤感与自怜。放肆欲望，以繁复而混乱的意象展示自己的痛苦，表演自己的悲剧，其中不也具有自怜的成分吗？泪眼示人是伤感，血迹示人又是什么呢？

不久以前，辛郁先生曾经指出，今日的现代诗写"我"写得太多了。这确是一项重要的发现。它的重要性是双重的。首先，它已经发现上述的自画像，事实上只是一朵倒置的水仙。要打破"诗乃第一人称的艺术"这小天地，现代诗似乎在揽镜自照之余，也不妨看看"他"，且和"你"坦诚地谈谈。现代诗一向以"灵魂的独白"自高，可是独白之余，往往只见一个"我"，这可能是现代诗日趋狭窄也日趋紧张的最大原因。许多读者满怀热情来接受现代诗，可是发现诗人目中既无"你"，也无"他"，只听他一个人自说自话，怎不扫兴而去？凡·高的伟大，在他对社会中的"他"和"她"，以及自然中的"它"所流露的赤爱、同情与赞美，而不全依赖他的那些自画像。有哪位画家仅画自画像而成为大艺术家的呢？

其次，自画像之所以能在中国流行，中国古典诗的传统，是一个原因。抒情诗一直是中国古典诗最重要的一个部门，如果不是唯一的部门的话。相对而言，叙事诗在中国一直不曾发达。在少数的叙事诗中，戏剧性往往不够紧张，心理的探讨似乎也不够深入。史诗的成绩接近零，讽刺诗也只是浅尝辄止。屈原的伟大性是不容怀疑的，但是《离骚》毕竟还是"第一人称的艺术"，在"言志"一方面固然酣畅淋漓，但是在叙述的持续和规模的宏大上，和《神曲》一类的史诗，仍不便做同类的比较。言志也好，抒情也好，中国诗一直跳不出第一人称的局限，古典诗如此，现代诗也是如此。现代诗目前所面临的问题，不是追求纯粹性，而是拓宽接触面，扩大生存的空间。现代诗如果不甘于做文学中的孤城，而坐视疆土日减，就应该和小说、戏剧竞争一下。现在已经到了走出象牙塔，去拥抱"你"和"他"的时候了。

那么，首先就得放下这面镜子。不要学"白雪公主"中那位皇后说"墙上镜兮墙上镜，噫谁人兮最可怜"了。

一九六八年五月

几块试金石
——如何识别假洋学者

自从西洋文学输入中国以来，我们的文坛上就出现了一群洋学者，企图嚼西方的面包，喂东方的读者，为中国文学吸收新的养分。这原是一件极有意义的工作，可是，正如其他的学问一样，这一行的学者有高明的，也有不高明的。不高明的，照例比高明的要多出十倍，甚至百倍。由于语言隔阂，文化迥异，一般读者对于这一行的学者，常感眼花缭乱，孰高孰下，颇难分断。如果那位洋学者笔下不中不西，夹缠含混，读者会原谅那是艰奥的原文使然。如果他信笔胡诌，作无根之谈，发荒唐之论，读者会想象他自出机杼，不共古人生活。如果他东抄西袭，饾饤成篇，读者反会认为他群书博览，所以左右逢源。真正的内行人毕竟是少数。在少数人的缄默和多数人的莫测高深之间，此辈假洋学者遂自说自话，得以继续滥竽充数。长此发展下去，西洋文学的译介工作，真要变成洋学者的租界地了。在此地，我无意做学术性的研讨。我只想指出这块租界上一些不正常的现象，好让一般读者知道鉴别之法、自卫之方，而此辈洋学者知所警惕。

首先，要鉴别洋学者的高下，最简便的方法，便是看他如何处理专有名词。所谓专有名词，包括人名、地名、书名等；在这些名词上面，假洋学者最容易露出马脚。先说地名，英国地名以ham、mouth、cester等结尾的，在此辈笔下，很少不译错的。再说书名，书名最容易译错，因为不谙内容，最易望文生义。西洋文学作品的标题，往往是有出处的。不是真正在古典传统中沉浸过的老手，面临这样的书名，根本不会料到，其中原来大有文章。例如现代小说家赫胥黎（Aldous Huxley）的书名，不是出自莎士比亚的名句，便是引自弥尔顿和丁尼生的诗篇。其中如《美好的新世界》（*Brave New World*）一书，典出《暴风雨》；译介赫胥黎的洋学者，没有几个人不把它译成《勇敢的新世界》的。要做一个够格的洋学者，仅凭一部英汉字典，显然是不够的。如果只会翻字典，联单字，结果当然是类似"英国的马甲和苏格兰的检阅"的怪译了。

面临人名，尤其是作家姓名，洋学者更是马脚毕露。例如美国诗人Edgar Allan Poe，中文译成爱伦·坡，原是大错。（朱立民先生曾有专文说明）坡的原名是艾德嘉·坡，而爱伦是他养父的姓，后来才插进去的。法国人一向不理会这个"中名"，例如波德莱尔和马拉美就只叫他Edgar Poe。所以坡的名字，不是Edgar Poe就是Edgar Allan Poe，断乎不能呼为Allan Poe。素以法国诗的介绍为己任的覃子豪先生屡次在爱伦·坡的名下注上Allan Poe，足证他对马拉美的种种，亦不甚了了。这种错误在他的《论现代诗》一书中，比比皆是。一个更严重的例子，是丁尼生的原名。在该书中，丁尼生数以A.L.Tennyson的姿态出现，实在是荒谬的。按丁尼生的原名加上爵位，应该是Alfred, Lord Tennyson。其中Lord是爵号而非名字，怎么能和Alfred混为一谈，且加以缩写？如果这也可行，Sir Philip Sidney岂不要缩写成S.P.Sidney？覃子豪先生在诗的创作上颇有贡献，他的创造力非但至死不衰，抑且愈老愈强。他对于中国现代诗的见解，亦有部分可取之处。但是在西洋文学的译介上，他是不够格，也不负责的。

一般洋学者好在作家译名之下，加注英文原名。这种做法，目前已到滥的程度。我国译名向来不统一，加注英文原名，算是一种补救之道，避免张冠李戴，滋生误会。但是这种做法，应该有一个不移的原则，就是，不在易招误会的场合，就尽可能避免使用。例如英国文学史上有两位名诗人，都叫詹姆斯·汤姆森，还有两位名作家，都叫塞缪尔·巴特勒。遇见这种情形，除了加注英文原名，更有注明年代的必要。前文提到赫胥黎，我曾加注英文原名，那是因为他的家庭先后出过好几个名人的关系。一般洋学者的幼稚病，在于每逢提起尽人皆知的大文豪，如莎士比亚和里尔克时，也要附注英文和生卒年份；有时东拉西扯，一口气点了十几个大名字，中间夹夹缠缠，又是外文，又是阿拉伯数字，真是叫人眼花缭乱。这种洋规矩发展下去，终有一天，在提到孔子（Confucius, 551—479, B.C.）的时候，也会加上一串洋文的。曾见一篇空洞的短文，加起来不过一千字，其中附注原名和年代，几占五分之一的篇幅。如果我是该刊编辑，一定扣他的稿费。

其次，谈到诗文的引用。这也是洋学者的一块试金石。在这方面，一般洋学者更是"不拘小节"，往往窃据前贤或时人的译文以为己译，或者毫无交代，含混支吾过去。我在《美国诗选》中的一些译诗，就常为此辈利用，而不加声明。在西方的学术界，这样子的公然为盗，已经构成严重的法律问题。有时这些洋学者也会声明引用的来源，可是对于译文的处理，并不依照原有的形式，或者疏于校对,错字连篇,致令原译者的名誉蒙受损失。这些洋学者公然引用他人译文,有时那效果近于"殉葬"。由于原有的译文错误百出,洋学者照例不与原文对照审阅,或即有意审阅亦无力识辨,结果是糊里糊涂,将自己的声名押在别人的声名上面,遂成"殉葬"之局。

校对是另一块试金石。这句话似乎不合逻辑,或者几近武断,但我相信必邀内行首肯。一般说来,高级的校对不一定能保证高级的内容,可是反过来,低级的校对未有不泄漏低级水平的。例外不是没有。只是根据我的经验,一本评介西洋文学的书中,如果外文的校对极端草率,那本书的学术水平一定高不到哪里去。英文的校对好像是细节,可是字首究应大写或小写,一字中断该在何处分出音节,这些问题,一举手一投足之间,莫不间接反映出洋学者的文字修养。一本书,如果在校对方面已经引起读者的疑虑,在其他方面恐怕也难赢得他的信任吧。我有一个近于迷信的偏见:每逢收到这样的一本书,我很少先看内容。相反地,我往往先看校对;如果校对令我满意,我便欣然读下去,否则,我的兴趣就锐减了。

洋学者的洋学问,往往在一个形容词或一句论断之中,暴露无遗。如果一篇译介性的文章,左一句"薄命诗人济慈",右一句"很有一种罗曼蒂克的情调",作者的趣味一定高不了。一篇评介性质的文章，是"凑"的还是"写"的，内行人一目了然。讨论一位西方作家之前，如果对于该国的文学史与该一时代的文学趋势欠缺通盘的认识，对于他的作品，平素又少涉猎，竟想临时拼凑资料，敷衍成文，没有不露出马脚来的。大学里常有所谓"开卷考试"（open book test）。洋学者写这类文章，事实上也是一种开卷考试。开卷者，抄书也，可是该抄些什么，从哪里抄起，外行人仍是摸不着头脑的。平素欠缺研究的人，即使把书摊在他的眼前，仍会抄到隔壁去。结果是，一位二流的诗人被形容成大诗人，一位通俗的作家被称为巨匠，一篇含蓄至深的作品被称为反叛传统，一首十四行诗被误解为自由诗。由于自己欠缺批评的能力，这样的洋学者对于他所介绍的西方作家，往往只有报道，没有分析；只有溢美，没有批评。最幼稚的一类，简直像在做特效药的广告。

至于洋学者的中文，照例是不会高明的。逻辑上说来，穷研外文势必荒废了国文。事实上并没有这么简单。因为一般的洋学者，中文固然不够雅驯，外文似乎也并未念通。笔下不通，往往是心中不通的现象。如果真想通了，一定也会写通。我甚至有一个不移的偏见，以为中文没有写通的人，外文一定也含混得可以。中文不通，从事任何文学的部门都会发生资格问题，从事以洋学诲人的工作，更不例外。表面上，似乎洋学者的中文，何妨打个折扣，从宽发落？其实洋学者正加倍需要雄厚的中文修养，才能抵抗那些别扭的语法和欧化的词句，也才能克服中西之异，真正把两种文学"贯"起来。不幸的是，我们的洋学者写起中文来恍若英文，写起英文来又像道地的中文，创作时扭捏如翻译，翻译时潇洒如创作，真是自由极了。至于数落西方文豪如开清单，而于中国文学陌生如路人，更是流行一时的病态。

这篇短文，和学术扯不上什么关系。我只想用最浅近的方式，教无辜的读者一些实用的防身术，免得他们走过洋学者的租界时，平白被人欺负罢了。

一九六八年六月二十五日

我们需要几本书

现代文学和艺术在台湾的发展，迄今已有十年以上的历史了。由于年轻一代的努力，一些新兴的艺术，例如现代诗、现代小说和抽象画，都已颇具规模，而且赢得更少壮的一代的喜爱。现代诗的朗诵会，吸引三五百的听众，是很常见的事。在这样的气氛下，几乎所有的大学都成立了诗社。台湾现代诗的影响，甚至远及香港地区、菲律宾、越南和星马[1]的华侨青年。抽象画在岛内的展览，不再是观众取笑的对象。在岛外，尤其是美国和菲律宾，我们的青年

---

[1] 指新加坡和马来西亚。——编者注

画家更获得热烈的好评。美国华盛顿佛利尔美术馆的研究员罗覃（Thomas Lawton）在一本画集的序言中说："五月画会的展览，不能再视为纯然地方性的活动了。"

毕竟，十几年的时间不能算短，所谓"年轻的一代"也已经渐渐进入中年。想起白先勇、王文兴、张健、叶珊转瞬就要三十岁了，遂觉逝去的岁月已经可观。可幸不逝的是大家的作品。如何整理这十几年来浩繁的卷帙，使现代文艺的运动呈现一种井然有条的透视，并标出这一代创造的心灵的趋向，该是大家共同关切的事。否则事过境迁，或因资料散失，或因解人难求，将使后之学者兴事倍功半之叹。今日的台湾，如果还有人妄加"文化沙漠"的恶名，其人的蒙昧也委实可惊了。但是，如果其人不肯罢休，非要追问仙人掌何在、绿洲何在的话，则我们似乎至少要能拿出下列的几种书来，才能塞住他的口吧。

首先，我们应该拿得出一部"现代散文选"。十几年来，我们在散文的创作上，不能说没有成就，可是成就究竟在哪里，最高的成就究竟属于哪些作家，就是见仁见智的问题了。一般说来，目前最流行的散文，在本质上，仍为五四新文学的延伸。也就是说，冰心的衣裙，朱自清的背影，仍是一般散文作家梦寐以求的境界。某些副刊与国文课本的编者，数十年如一日，仍然以为那样子的散文才是新散文的至高境界。浅显的文义，对仗的句法，松懈的节奏，僵硬的主题，不假思索的形容词，四平八稳的成语，表现的无非是一些酸文人的孤芳自赏，假名士的自命风流，或者小市民的什么人生哲学，婆婆妈妈的什么逻辑。这一切，距离现代人的气质和生活，实在太远太远了。

有一个现象是值得我们注意的。五四嫡传的那种散文，在中学生，尤其是中学女生之间，确实非常流行。加上国文课本的推波助澜，遂使这类散文泛滥于报纸的副刊和通俗的杂志。可是人总是要长大的。同样的读者，一旦成为大学生，对于所谓美的观念，便大大改观。于是他们发现：空洞不等于空灵，浅显不等于纯净，啰唆不等于强调，枯燥也不是严肃。于是他们发现：用白话写的"花儿，鸟儿"并不比文言的风花雪月进步到哪里去。于是，自然而然，他们需要现代散文。

此地所谓的"现代"，是指作者必须具有现代人的意识和现代人的表现方式。所谓现代人的意识，是指作者对于周围的现实，国际的、国家的、社会的种种现实，具有高度的敏感；这种敏感弥漫在字里行间，不求表现而自然流露。尝见某些怀念大陆的散文，缺乏才情如地理课本，缺乏时空的敏感如录自五四时代的旧文，到了篇末，才加上一条软弱的尾巴，诸如"一晃眼又是中秋了，'月是故乡明',不知道故园风物是否无恙?"这种交代是没有生命的,因为上下文各自为政,没有交织,不起共鸣。至于现代人的表现方式,是指这一代的青年作者对于文字的敏感和特有的处理手法。适当程度的欧化,适当程度的文白交融,当代口语的采用,对于现代诗及现代小说适当程度的吸收,以及化当代生活的节奏为文字节奏的适应能力,这一切,都是现代散文作者在技巧上终必面临的问题。在这方面,字汇的选择是相当可靠的分别。以我个人为例,我宁可看一篇稚嫩的散文使用像"黄牛""修理""盖仙"之类的字眼,也不愿看一篇老成的小品充满"玉洁冰清""珠联璧合""白发红颜"之类的滥调。

严格说来,许多流行的散文作家,在本质上是不够现代的。例如陈之藩和王尚义,前者研究科学,后者热衷存在主义,不能说他们的意识不够现代。可是两人在表现的方式上,仍是颇为五四的。陈之藩在留学以前,对五四及五四嫡传的那一类散文,濡染有年,又兼为一个胡适迷。王尚义虽然热心介绍新兴思想,但对于文字并不敏感,如要证据,请看他的"新诗"多受五四(尤其是胡适)的影响。我久有这么一个偏见:我认为,台湾的现代散文,如果不是纯自现代诗脱胎而来,至少至少,也该是后者的一个师弟。没有接受过现代诗洗礼的作者,恐怕大多与现代散文无缘吧。陈之藩、王尚义是反面的例子。叶珊、夏菁、管管是正面的例子。再以晓风为例。收在《散文欣赏》里的那篇《魔季》，从五四嫡传散文的标准来看，实在是一篇上乘的作品，只是，在整体的感觉上，它还不够新，不够现代。意识上，技巧上，《魔季》仍然没有完全摆脱五四。"小树叶儿""小银""阳光和春风都被甜得腻住了""许多不知名的小黄花正摇曳着，像一串晶莹透明的梦"一类的字句，仍是颇为五四的。另一方面，像"娇美如昔""柔软仍似当年""绿罗裙一般的芳草"等，说明了作者犹未能摆脱古典文学的直接影响。至少有三个因素使早期的晓风不能进入现代：中文系的教育，女作家的传统，五四新文学的余风。我不是说，凡出身中文系，身为女作家，且承受五四余泽的人，一定进不了现代的潮流。我只是说，上述的三个背景，在普通的情形下，任具一项，都足以阻碍现代化的倾向。晓风三者兼备，竟能像跳栏选手一样，一一越过，且奔向坦坦的现代大道，实在是难能可贵的。事实上，即使《魔季》本身，也已经伏下了蜕变的转机。一开始，题目就够敏感；五四嫡传的散文作家，对于词的压缩向来不敢大胆尝试，遇见这种场合，很可能会有什么"魔样的季节"妥协了事。"扭亮台灯，四下便烘起一片熟杏的颜色"已经够好。"我慢慢走着，我走在绿之上，我走在绿之间，我走在绿之下。绿在我里，我在绿里",也够武断,颇有现代诗和抽象画的意味。"春天绝不该想鸡兔同笼,春天也不该背盎格鲁-萨克逊人的土语,春天更不该搜集越南情势的资料卡。"这么一句,更证明作者具有足够的现代感。"越南情势的资料卡"一词,在五四嫡传的散文里,是绝对不会出现的。以反为正,以不类为类,从缤纷中求统一,正是现代文学的手法。现代感,在晓风"后期"的作品中,毫不含糊地流露了出来。拿《钟》和《魔季》做一个对比,立刻便见出后者的过渡性。

  我理想中的散文,不是目前泛滥的小品文,更绝非杂文。"小品文"一词,是相当误人的。它令人误会散文应该写得轻飘飘,软绵绵,信笔所之,浅尝辄止。林语堂在解释小品文时竟说:"凡方寸中一种心境,一点佳意,一股牢骚,一把幽情,皆可听其由笔端流露出来,是之谓现代散文之技巧。"怪不得五四时代的散文,大半都那么松松散散,随随便便。更怪不得,竟然有人把小品文叫作随笔。在这样的了解下,早年的散文作者,刻意追求的只是一种清淡稀薄的"风格",简直忘了,在他们所了解的"风格"之外,还有形式和结构。即以最基本的文字为例,像林语堂那种不文不白,不新不旧,又似语录体又似旧小说的文字,说理不够严密,抒情又不够活泼,实在说不出是什么风格。

五四嫡传的散文，柔若无骨，弱不禁风，像一张避重就轻的水彩画。真正有抱负的现代作家，期待于散文的，毋宁是油画的厚实，木刻的稚拙，水墨的淋漓尽致，建筑的秩序井然。换句话说，散文不一定是手工业、轻工业。因此，理想中的"现代散文选"，不一定要局限于纯粹的散文家；现代小说家中，也尽有合格的人选。正如乔伊斯、福克纳、康拉德、劳伦斯左右了现代英文散文的风格，我们的年轻小说家，虽然不写散文，对散文的文体也是甚有影响的。我常觉得，要读好的散文，与其去读五四嫡传的什么小品文，还不如去读某些现代小说。马洛和莎士比亚用无韵体的诗写戏剧，许多英国诗选照样将《浮士德》和《哈姆雷特》的片段收了进去。同样，我们也可以摘录现代小说的片段，拿来做散文欣赏。

其次，我们要一部"文艺论评选"。一个时代的艺术观，和对于生活的感受及处理方式，在那时代的创作之中，最具不落言诠的表现。但是最直接的表现，还是那时代的批评。中国传统的文艺批评，往往失之含糊、笼统，不讲方法，不重分析，即兴的意味太浓，研究的精神不足。五四以来，西洋的文艺批评也曾有若断若续的介绍，但大致说来，质既不精，量亦不富，成绩平平。对本国文艺的批评，或偏重政治的立场（例如左倾作家强调"阶级意识"），或昧于批评的原意（例如一篇所谓批评，题外的话倒占了三分之二），或浅尝辄止，不肯深入（一千三五百字的书评，尚未触及问题的核心，已经终篇），或语无伦次，或嗫嚅其言，始终拿不定自己的主意，也不敢下一句确切的断语，总之，与负责任有见解的批评尚有一段距离。

造成这样的现象，原因固然很多，例如是非太多，稿费太少，篇幅太小，时间投资太大，不能忍受细读长篇劣作的痛苦等，都言之成理，但是最大的原因，恐怕还是批评人才的缺乏。造就一个批评家，才赋之外，还需要学养、灼见和胆识。也许我们会有所谓天才作家，但"天才批评家"却是一个危险而滑稽的名词。所谓学养，对于一个批评家来说，至少应该包括相当内行的专业知识和足够的语文条件。所谓灼见，应该特指相马伯乐慧眼独具的那种超人的敏感，尤其是对于文坛新人的鉴别。真正"识货"的批评家，往往也就是预言家。贺知章一见李白，就有谪仙之叹。爱默生接到《草叶集》，就祝贺作者伟大事业的开端。向一般"搞批评"的庸才要求这种灼见，绝对是奢望。至于胆识，则是说真话的勇气，这种美德更为罕见。就以白先勇为例吧，真有灼见能欣赏他的小说的人，已经不多；识者之中，有胆量毫不含糊宣之于文的人，当然更少；而在这少数的勇者之中，能说出白先勇好在哪里，为什么好，比谁又好几分，比谁又差一点，好处从哪里学来，好处到哪里就为止，在当代文学中占什么地位，在未来文学史上有多少传后的把握（chance of survival）等的批评家，恐怕更是可遇而不可求了。

十几年来，这样子的批评，有学、有识、有胆的批评，当然少之又少。但是，只要有心人肯去搜集，一部具有相当代表性的"文艺论评选"，也不见得就绝无可能。理想中的这么一部"文艺论评选"，似乎可以依下列的方式来编选。第一，独创的理论，特佳者可以收纳。所谓"独创的"，当然不必一定指望他臻于瑞恰慈或安普森①的境地，只要是自抒见解而又言之成理玩之成趣，也就可以了。我特别标出"独创的"一词，是因为目前的文艺理论中，抄书之风太盛，一吨的理论中，自己的见解不到一盎司。尝见一篇谈随笔的文章，全长不到四千字，直接引用胡适、朱自清、林语堂、周作人以及外国作家对这种文体的解释，竟占去两千字的篇幅。这种文章，最多只能称为"意见箱"吧。第二，有分量的批评，可以选用。此地所谓批评，包括对某一作家、某一派别、某一问题等的批评。这种批评应以严肃、公正、深入为准，凡党同伐异、徇私护

---

① 安普森，作者笔误或此文创作年代的译法，现不可考。——编者注

短，或别有用心之作，均在不被欢迎之列。但重要的论战，正反双方，有分量并具代表性的论辩，均应列入，以便文学史家引用。第三，精彩的书评，不可漏掉。同一本重要的作品，如能将论点互异的几篇书评，做对照性的并列，最能显示同一时代文学观的多样性。书评之为用，系于被评作品之高下者小，而有赖评者见识之高下者大，因此，即使被评的是一篇劣作，对于读者仍是有启示的。第四，在次要的层次上，对于中国古典文学的重新评价，对于西洋文学的介绍和批评，凡能提出独到而成熟的见解，尤其是能从比较文学的角度去着手的，也可以酌量选用。中文系的学生容易昧于国际潮流，外文系的学生容易忘记本国传统。从比较文学的观点去重认中西文学，应该可以矫正这种偏失的现象，并促进文化的交流。

书名"文艺论评集"，当然不无商榷的余地。我的构想是：以文学论评为主，而以其他艺术的论评为辅。例如抽象画和民族音乐的理论，对于文章的思想就具有颇大的意义。如果担心书会太厚，则干脆缩小范围，叫作"文学论评选"也可以。

最后，我们需要一部现代的"古典诗选"。所谓现代的古典诗选，就是用现代人的美学观念来重新编选，以适合现代读者需要的这么一部古典诗选。这样的新选集，当然也就间接反映了我们这一代的信念和鉴赏方式。为便于讨论起见，我们就举《唐诗三百首》为例吧。自乾隆癸未年①蘅塘退士刊印本书以来，《唐诗三百首》已经成为最流行的一部诗选，目前它甚至还拥有好几种英文译本。可是它毕竟是清初人的选集，代表的毕竟是两百年前的眼光和感受。五四以来，我们受了西洋文化的影响，开始走出庐山去看庐山，立足点变了，角度变了，庐山对我们所呈现的面目，当然也异于山中所见的了。在这方面，西方学者和翻译家对中国古典诗的处理，可以供我们参考。例如一九六五年出版的《晚唐诗选》（*Poems of the Late Tang*），便选了后期的杜甫和孟郊、韩愈、卢仝、李贺、杜牧、李商隐七家，使中晚唐诗的某一种风格，脉络分明地显现了出来。然而那毕竟是山外人看山，和山中人出山后再看山不同。身为山中人的我们，在攀过洛基山或阿尔卑斯山之后，再回到自己的山中来，感觉自然不同。因此我们需要一部新的"庐山导游"。

---

① 1763年。——编者注

新的"庐山导游"当然应该异于旧的"庐山导游"。改编之道，可以分三方面来说。第一是人选。《唐诗三百首》的编选，大致上是遵循儒家温柔敦厚的批评观，因此在意识上有背儒家正统而文字上又走偏锋的诗人，就不容易入选。例如李贺的诗，杜牧以为无理，"远去笔墨畦迳间"，朱熹又以为"怪得些子"，竟未能选入《唐诗三百首》，不能不说是遗憾。从现代的象征主义、超现实主义和意象主义的观点来看，李贺实在是一位很杰出的诗人。虽然我们还不能说李贺就是大诗人，可是任何一部唐诗选中，至少应该有他的几首代表作。至少至少，我觉得，应该在《李凭箜篌引》《苏小小歌》《雁门太守行》《梦天》《金铜仙人辞汉歌》《巫山高》《北中寒》《高轩过》《神弦曲》《将进酒》《美人梳头歌》《官街鼓》等代表作之中，选出五六首来。另一方面，一些可有可无以片句只词传世的作者，如杜荀鹤、张泌、顾况、刘方平等，似乎可以忍痛割爱了。

第二是作品选。《唐诗三百首》中，一些大家的名作，尽管万古常新，余味无穷，却易给读者一个幻觉，以为李白、杜甫之美尽在此中。一部新的诗选，能就读者熟悉的诗人，提出几篇较不熟悉的杰作，常能给人一个惊喜，甚至能修正读者对那些诗人所保持的，渐趋僵化的印象。每次在其他唐人选集中读到《唐诗三百首》未选的佳品，总会感到分外的喜悦。以李白为例，《唐诗三百首》共选他的五绝三首，可是"美人卷珠帘"和"玉阶生白露"两首，无论在主题和意境上，都颇相近，而"床前明月光"一首，实在也太通俗了。新的唐诗选中，何不删去这三首而代以"众鸟高飞尽""对酒不觉瞑"和"天下伤心处"？至于七绝，似乎也可以改选"李白乘舟将欲行""峨眉山月半轮秋""问余何事栖碧山""兰陵美酒郁金香"和"洞庭湖西秋月辉"等诗。原选的《清平调》三首，用典太多，格调不高，并不能代表谪仙那种空灵而超脱的境界。又如七古之中，《唐诗三百首》一口气用了李颀的五首，其中三首都是摹状音乐，也似乎重复了一点。

第三是年代顺序。《唐诗三百首》是以诗体为分类标准。这种编法好处在容易熟悉各种体裁和各体的大家，缺点在不便透视史的发展。新的唐诗选不妨尝试改以年代先后为序，而提供初、盛、中、晚发展的脉络。这当然是一个很简便的方式。另一种改编的方式，是以主题为区分的标准，例如入选的三百多首作品，可以分别排在咏史、羁愁、边塞、田园、宫廷等项目之下，以便做专题性的比较研究。英美最流行的古典诗选，是帕尔格雷夫编的《英诗金典》（*The Golden Treasury*）。帕尔格雷夫在初版的序言中，曾说他的编辑方式是首先将英诗分成莎士比亚、弥尔顿、格雷、华兹华斯四个时代,然后将每一时代的杰作依感情及主题的转变妥为安排,务使整个效果近于莫扎特交响曲诸乐章的发展。帕尔格雷夫的构想非常高超,可是一部诗选的读者,在通常的情形下,是一首一首挑了念的,不会整章整部地读下去。尽管如此,《英诗金典》的编选方式仍是值得我们注意的。

这部新的唐诗选,必须由一位现代诗人来编选才有意义,因为这样一件工作,意味着现代诗人既不是反传统,也不是泥古,而是整理传统,重塑传统的形象。这件工作对于现代诗人将是一个重大的考验,因为反传统云云,重认传统云云,毕竟不是嚷嚷就能成事的。现代诗人如果面对传统而茫然束手,则他对于传统的态度,最多只能成为一种自欺欺人的姿态罢了。如何编选这样一部诗集,如何提出一个新观点来诠释那些诗,如何写一篇有分量、有见地的序言等,恐怕不是现代诗人所能逃避的责任吧。

此外,我们需要一本"现代诗诠释"。这话似乎说来好笑,怎么现代人的作品已经要诠释了呢?现代诗的晦涩是众所周知的现象,可是古典诗中,也不乏难懂的例子。"独恨无人作郑笺"之叹,可说无代无之。杜牧为李贺诗集作序,去贺不过十几年,已经深感难为解人。即以风格平易的孟浩然为例,近人萧继宗先生在他的《孟浩然诗说》一书中,也偶有难以确切诠释的句子。古代中国的文化，大致属于同质（homogeneous）型；现代中国的文化，由于广泛吸收西方文化，已渐趋异质（heterogeneous）型。以异质型文化为背景的文学作品，在观念和意象的来源上，自然更为繁杂，而诠释起来，自然也就更为困难。

一般读者往往希望诗人能解释自己的作品，例如某诗的创作动机何在，思想的背景为何，何以要取那样一个题目，某些句子究作何解，某些意象有何象征等。在演讲的场合，我就常常遇见这些问题。大致上，作家都不太愿意解释自己的作品，因为怕将它说"死"了，说"窄"了，会影响读者欣赏的多样性和想象力的自由运用。例如弗罗斯特，便常常避免对自己的作品做正面的解释。

鉴于现代诗的难懂和需要诠释，美国弗吉尼亚州玛丽华盛顿学院的四位文学教授，在一九四二年创办了一个小杂志，叫《诠释者》（*The Explicator*），专门诠释现代诗中较为难解的作品。开始的几期，该刊的诠释文章大半由发起的四个教授自己执笔，但是不久以后，投稿者渐渐增多，遂引起英语世界的广泛注意。现在《诠释者》已经改成月刊，编辑部愈益扩充，销路也与日俱增。一九六六年该刊编辑将二十多年来发表的诠释文章，选出最精彩的一部分，以原作诗人姓名字母为序，印行了一部专书，也叫作《诠释者》。该书最有趣的一点，是将同一首诗诸家不同的诠释，并列在一起。例如弗罗斯特的《不远也不深》一诗，便有柯尔宾、汉德瑞克斯、斐灵三人撰写的诠释，对该诗做面面观。这种做法除了让读者在不同的诠释中选择他认为比较中肯的一种外，还可以昭示读者，一首诗是可以做不同的诠释的。《诠释者》一书的另一个优点，是不同的批评家意见虽然相左，仍能就诗论诗，据理力争之际，绝少流于意气。这样的一本书对于现代诗的贡献，比在大学里开一门课恐怕更大。

　　台湾的现代诗对于青年一代的影响不能算小，可是，即使最热心的读者，在面对某些现代诗之际，仍不免有费解之叹。如果能将台湾的现代诗选出一两百首代表作来详加诠释，至少应该有下列几个作用：第一，对于有心欣赏而入门无术的读者，这样一本"现代诗诠释"应该具有启蒙之功；对于已经入门的读者，也可以相互印证经验，并增进兴趣。第二，同一时代的批评家和学者所做的诠释，照理应该最为亲切可靠。与其留待后人的品评与揣测，何不当代予以体验，加以研讨？第三，现代诗的晦涩，最为时人诟病，如果真有这么一本书能用足以服人的诠释予以昭雪，当可使诟者口塞，疑者豁然。反之，如果一首诗注来解去都无法令人进入作者的世界，甚至原作者也无法自圆其说，则某一类的现代诗作者实在也应该好好反省反省了。

当然，目前文坛急需的书尚不止这些。除了上述的四部书以外，我们至少还需要一部不涉宗派意气的"现代诗选"（所谓《七十年代诗选》实际不过是"创世纪诗选"）、一部够分量的"现代小说选"，和一部简要而信实的"现代文艺运动史"。这些，只有留待将来再详谈了。

一九六八年十月

论夭亡

"一死生为虚诞,齐彭殇为妄作。"梦蝶人的境界,渺渺茫茫,王羲之尚且不能喻之于怀,何况魏晋已远,二十世纪的我们。为寿为夭,本来不由我们自己决定。自历史看来,夭者不过"早走一步"[1],但这一步是从生到死,所以对于早走这么一步的人,我们最容易动悲悯之情。就在前几天,去吊这么一位夭亡的朋友,本来并不准备掉泪,但是目送柩车载走他的薄棺,顿然感到天地寂寞,日月无聊,眼睛已经潮

---

[1] 所谓"早走一步",是梁实秋先生的谐语。《雅舍小品》笔法,不敢掠美,附志于此。

湿。盛筵方酣,有一位来宾忽然要早走,大家可能怪他无礼,而对于一位夭者,我们不但不怪他,反而要为他感伤,原因是他这一走,不但永不回来,也不会再听见他的消息了。

不过,夭亡也不是全无好处的。老与死,是人生的两大恐惧,但是夭者至少免于其一。虽说智慧随老年俱来,但体貌衰于下的那种痛苦和死亡日近的那种自觉,恐怕不是智慧所能补偿的吧。夭者在"阳寿"上虽然吃了一点亏,至少他免了老这一劫。不仅如此,在后人的记忆或想象之中,他永远是年轻的。寿登耆耋的人,当然也曾经年轻过,只是在后人的忆念之中,总是以老迈的姿态出现。至少在我的印象里,弗罗斯特总是一位老头子。可是想起雪莱的时候,我似乎总是看到一位英姿勃发的青年,因为他从来没有老过,即使我努力要想象一个龙钟的雪莱,也无从想象起。事实上,以"冥寿"而言,雪莱至少比弗罗斯特老八十多岁,也就是说,做后者的曾祖父都有余。可是在我们心中,雪莱是青年,弗罗斯特是老叟。

那是因为死亡,奇异而神秘的雕刻家,只是永恒的一个助手。在它神奇的一触下,年轻的永远是年轻,年老的永远是年老。尽管最后凡人必死,但王勃死后一直年轻,一直年轻了一千多年,而且以后，无论历史延伸到多久，他再也不会变老了。白居易就不同，因为他已经老了一千多年，而且将永远老下去，在后人的心中。就王勃而言，以生前的数十年换取身后千年、万年、亿万年的年轻形象，实在不能算是不幸。所以死亡不但决定死，也决定生的形象；而夭亡，究竟是幸，是不幸，或是不幸中之大幸，恐怕不是常人所能决定的吧？

一九六八年十一月十七日

第三辑

现代诗与摇滚乐

青年们在现代诗的迷宫中
既不得要领,自然而然,
便一起投向摇滚乐的鼓声中去了。

现代诗与摇滚乐

一旋下车窗,风里就嗅到不少的春天。连翘落尽,鸢尾、郁金香正流行。酸苹果树的红云,苹果树的白雾,把丹佛绣成千街的灿烂。车行花间,看花人把眼都看花了。交通灯,也看成一朵郁金香。

　　他在车里炸开了头脑
　　没看清绿灯已换了红灯

每次闯红灯,披头士这两行诗就在耳边响起,令人血涌如啸。

五月三号。一九七一年。华盛顿正浮动千树的樱花。同一天,反战的人潮摇撼白宫与五角大厦,被捕者七千人。"戴花的一代"不戴樱花,戴了彩。

我呢,潇洒不够戴花,激烈不够戴彩。我在车里吟《花椒军曹》①。车在丹佛城向南疾驰,首灯在扫满城的暮色。那就是说,洛基山已经陷落在苍茫中了。八点五分,我的"雪佛兰"(IMPALA)到了丹佛大学。高楼四耸,却无垂柳可以系马或是系鹿。只好将它交给水泥的停车场吧。

演讲厅在二楼。两百人的座位上,只有八成听众。领带当胸者四五人,须发蔽天者百余人,发不蔽天带亦不当胸者六七人。第一类,是丹大的教授。第二类,是业已占领美国各大学校舍的"新蛮族",俗称"希癖"。第三类,是我这样既不文明也不野蛮的游离分子。来美国快两年,第一年进教室必系领带。后来发现,衣冠楚楚,领带当胸,在长发乱髭的丛林里,反而成了奇装异服,第二年我就自动解放,除去了扼喉之灾,可是并未放下剃刀,坐视须发在脸上会师。

主持人介绍既毕,今晚的演讲人便出现在台上。诗人威尔

---

① 指披头士乐队于1967年发行的第八张专辑 *Sgt. Pepper's Lonely Hearts Club Band*。台湾译作《花椒军曹的寂寞芳心俱乐部乐队》。——编者注

伯（Richard Wilbur）和美国诗选的照片所示者没有什么出入。约莫六尺的身高、深褐色的眉发下，是闪动沉静而安详的眼神，那姿态，很像一个锋芒内敛、儒雅外流的赫斯顿（Charleton Heston）。

威尔伯的所谓演讲，事实上只是诵读自己的作品，并且略加诠释，或点明诗中的精神，或陈述创作的过程，但绝少洋洋洒洒，大发议论。诵读之际，他的态度很诚恳，语气很谦逊，甚且充满自嘲。麦克风嗡嗡然，扭曲着他的声音，使他很不自在。几度尝试将它调整，并再三探测听众的反应之后，他终于将麦克风压得很低，使它不受自己声浪的冲击，这才从容朗吟起来。

威尔伯以翻译法国诗闻名。前半个小时，他诵读的都是自己的译诗，原著包括维荣和伏尔泰的作品。他说维荣豪放不羁，所作《古妇人吟》（*Ballade des dames du temps jadis*）中的妇人，未必皆能德貌相侔；其中最为有名的一首《唯往岁之白雪而今安在》，既经罗塞蒂译笔相传，似乎已成千古定译。威尔伯说，事实上罗塞蒂的英译不无谬误，也未能忠于原作的格律。同时他认为维荣的古法文不过尔尔，何必译成古色古香的英文？接着他便诵读自己对这首名诗的英译：我发现他将韵脚整个改了，叠句But where are the snows of yesteryear? 也改成But where can the snows of last year be found?

接着威尔伯又诵读《憨第德》中的一些抒情诗。《憨第德》是一九五七年他和音乐家伯恩斯坦及女诗人派克等合作的一出谐歌剧,其中的抒情诗都是从伏尔泰的原著中译来的。

威尔伯说,先诵译诗是为了"制造气氛";后半个小时,他便诵读自己的创作了。他诵了约莫十首诗,其中有一首新作尚未发表,但绝大多数是选自最近的诗集《给一位先知的忠告》。他诵读那卷诗集中同一题名的主题诗;他说一位诗人很难正面处理核子武器对人类的威胁,因此他反而在诗中向一位先知提出忠告,说与其列举一长串科学的数字,令听者瞠目结舌莫知所措,何如预言禽飞兽遁,江湖鼎沸,堕落的人类目瞖眦决,心如槁木?他诵了一首长诗,诗中人喃喃自语,催一位朋友入梦,先是摹状都市和机器,言语无味,朋友亦难成眠,于是改变方式,描述星在太空,风在水面,不久那朋友就酣然了。威尔伯的女儿已经二十多岁,颇有文才,曾在《泛大西洋》杂志上发表小说,书出之日,名与巴斯特纳克并列,威尔伯感到非常得意。他在另一首诗中,写他有一次经过女儿的房间,门内传来时断时续的打字声,似乎一个心灵正在挣扎的回音。又有一首诗,题名《奔》,共分三段,第一段写诗人童年时奔于原野，第二段写他青年时奔于球场，第三段则写他中年时看子女奔于身旁。最后，他诵读了两首诗，一首贺女诗人雷恩（Kathleen Raine）生日，另一首则悼弗罗斯特。

晚上九时十分左右，威尔伯朗诵完毕，向听众说了一声"谢谢"。掌声既歇，听众逐渐散去。等六七位来宾和丹大文学创作班的学生向威尔伯做简短的交谈之后，主持人威廉斯教授把我介绍给威尔伯，并说明我曾经译了他几首作品成中文。最后，众人纷纷开车，去威廉斯家参加欢迎威尔伯的酒会。

威廉斯教授的客厅。十几个蛋头和半蛋头。或坐，或立。或饮酒，或饮冷饮。或貌似博学，或状至神秘。或仰天有所思，或俯首有所悟。

终于，威尔伯解除了众蛋之围。我把《英美现代诗选》的中文本给他。

"你译了我哪些诗？"他问。

"《魔术师》《咏艺术馆》《下场》，你今晚一首也没念。"

"对，我念的都是近作，"他沉吟了半晌，"你有依照我原文的形式吗？"

"可能的时候，尽量依照。哪，"我把译文横过来，"这样看，就有点像了。你记得是这样的句法吗？"

他打量了一会儿，摇摇头。

"这些象形文字，使我觉得自己的作品像蛮深奥的呢？"

"这一首是《下场》。"

"《下场》中文怎么说？"

"等于说 get off the stage。"

"对了。对了。"

接着，我把当天刚收到的台北美亚版的英译诗集《满田的铁丝网》（*Acres of Barbed Wire*），送了他一本。

"这是我自己的诗集。"

"啊，好极了。"他翻到书末的译著一览表，"你写了好多书！"

"还有四五本没印出来。"

"有可能为我签个名吗？"

"我已签了。哪。"

"好极了，谢谢你。这真是太可贵了。我看，我还是趁早放到车上去吧，免得走时忘了。"

说着，他果真走出客厅，向停在街边的汽车而去。

目的已达,我乃弃众蛋如遗。

门外,众星交射如冕,正好戴在我头上。

❦

对于威尔伯,事实上,我的兴趣并不那么浓。五月三日去听他的朗诵,有一半是出于看热闹,不,"看冷落"。这句话,应该略加解释。

首先,我是他的译者,无论在法律上或道义上,都应该让他知道,我译了他哪些作品。可是岛内迄今未有参加国际版权的组织,因此,我的《英美现代诗选》中译本收纳了他三首诗,也是不合法的。就《英美现代诗选》而言,我只能算是"野译者",不像在林以亮先生编选的《美国诗选》里面,我全部的译诗,事先都经香港的美国新闻处向原作出版人申请到版权的。因此在《美国诗选》的封面下,我是一位"合法的译者"。不过,"野译者"也好,"家译者"也好,把印出来的译文送给原作者,仍是一切译者道义上的责任。可是,这并非我要见威尔伯的最大动机。

甚至也不全为了想亲炙当代美国的一位名诗人,或者一把美国现代诗的清芬。要说威尔伯是一位名诗人，他确是当之无愧的。固然，他在美国现代诗坛上的身影，视已故的弗罗斯特为远逊，也不及犹健的庞德那么硕大，可是他毕竟得过一九五四年的罗马大奖和一九五七年的普利策奖，并两获古根汉奖金；他曾登哈佛和韦尔斯利的讲坛，现任卫斯理安学院的英文教授。在学位上，他仅有哈佛的硕士，却坐拥安默斯特的荣誉硕士和劳伦斯的荣誉博士。在创作上，他的诗集《美丽的变化》《现世万物》和《给一位先知的忠告》皆时誉不恶。在学术上，他翻译的法国新古典戏剧，例如莫里哀的《厌世者》和《伪君子》，以及编选的波普诗集等，亦皆受人重视。一九六一年（当时他才四十岁），他以美国国务院文化使者的身份，遍访苏联各地，更远播了他的国际声名。这一张简历，无论是投在韩荆州的阶前，或是美国国会图书馆的石级，都应该有点回声吧。

可是我对于所谓"学院派"的诗人，尤其是西方的，实在并无多大的向慕。这是因为，一方面自己也是这么一个背负黑板眼望青天一脚学府一脚文坛的半人半马妖，且亦久戴"学院派诗人"之恶谥，难免养成同行相妒、同性相斥的倾向，另一方面呢，我对于西洋现代诗，久已过了初恋甚至蜜月的昏迷期，离婚还不至于，新婚之感至少已经淡了下来。本来，人入中年，对一切美丽的女人都不再有雾里看花的危险，何况对西洋现代诗，对现代诗，对诗？如果我在此地贸然宣布：虽然我的研究和欣赏犹未穷九牛之一毛，可是对于西洋现代诗，对于现代诗，对于诗，我真是——嗯，该怎么说呢？——有点淡了；如果我竟然敢于宣布：在踏入地狱之前，假使容我选择带一个伴侣，则我要选择的不一定是诗，而且一定不是西洋现代诗；如果我，于苦苦追求金发碧瞳的缪斯二十年之后，忽然说出这么一句不中听的话来，我的那些学朋诗友，一定要大吃一惊，且说我终于变节了吧。

我之所以不很热衷于会见西方的学院诗人，一半是因为：虽然两皆不足，我多少总算知己知彼，而对方呢，总是知己而不知彼，不，对中国一点也不知道。我甚至约略知道，他们二三流的诗人在想些什么、说些什么，可是他们对我一无所知，甚至不具备求知的条件，对我的族长如杜甫、李白也止于貌似恭谨而亲炙无门，甚至无心。这样子的移明就暗，岂能美其名为"交流"？西洋的学院派诗人，一瓣心香，永远吹向希腊、罗马、耶路撒冷。他们的羊皮纸地图上，找不到长安、洛阳，遑论台北？如果你要用翻译与他们交流，那更是自陷于不平等之境，正如要跟人赛跑，却戴上脚镣手铐一样，饶你是巨人，也疲于奔命吧。何况即使是最好的翻译，也只能把原文之鸟剥制为标本，等于以我之下驷当彼之上驷，也实在太不公平了。据我所知，恐怕还没有一位美国诗人，有足够的能力把自己的作品译成中文，去敲中国诗坛的大门吧。一位东方的作家在美国，除非他本来就用英文写作如印度和菲律宾的许多作家那样，一定会有一个感觉，好像他是一个隐身的特务，自己能洞察对方的虚实，对方却完全认不破自己。

说到特务，那天晚上我倒真有点"探子"的意味，只是我刺探的，不是什么军情，是美国年轻一代的心情。事实上，听威尔伯的朗诵，这已是第二次了。第一次是六年前，在卡拉马如。那是一月间风雨凄凄的一个冬夜，我自己刚从乐山南下，在西密大演讲罢中国古典诗，赶到卡拉马如学院山顶的演讲厅时，威尔伯的朗诵已近尾声了。大约四五百人容量的大厅里，楼上楼下坐满了人，站着的听众一直溢到门外。我只能坐到邻室去，和一个女学生相对，倾听麦克风传来的余音。事隔六年，摇滚乐在美国青年之间，不但早和文学平分秋色，甚至演成楚凌曹邻之势。因此，在《丹佛邮报》上看到威尔伯要来丹大演讲的消息，我不免心里一紧。

"我倒要去看看，有多少人去听。"我转身对眯眯说。

用统计学来代替艺术批评，当然是很武断的方式。不过，对于"曲高和寡"的理论，这两年来我已经养成了存疑的态度。我不能接受"曲高和众"的假定，但是我相信"和众未必曲低"。例如摇滚乐，在美国已经成为年轻一代最拥戴、最引为自豪的一种大众艺术，流行的程度，不仅凌越了古典音乐，放逐了现代音乐，更侵略到文学的领土上来，迫使现代诗处于负隅困守的窘势。十二年前，我在美国念书的时候，买了近百张唱片，全属古典音乐。当时我走进音乐厅，听见的无非古典音乐，走进唱片店，触目者也无非古典音乐。第三度来美，又买了近百张唱片，十之八九属摇滚乐，其中五分之一属于披头士。现在我走进音乐厅，是去听摇滚乐；走进唱片店，四顾无非"铁蝴蝶"和"草原之狼"，要找伯恩斯坦或是塞松，势必去墙角落里细细翻寻。流行刊物的封面人物之中，如果有一位正统的古典音乐家，就必有六七位摇滚乐手。例如近几月来，出现在《生活》《展望》《时代》和《新闻周刊》上的封面人物，就有四位之多属于摇滚乐[1]。四月十六日的《生活》只用了两页的

---

[1] 保罗·麦卡特尼（Paul McCartney）、埃尔雷斯·普雷斯利（Elvis Presley）、詹姆斯·泰勒（James Taylor）、米克·贾格尔（Mick Jagger）。

篇幅向刚逝世的八十八岁高龄音乐大师斯特拉文斯基致敬,但是在同一期,不但用二十九岁的麦卡特尼(Paul McCartney)做封面人物,还用了五页的内文刊登他的访谈。欣赏麦卡特尼如我者,面对冷暖如此的比照,尚愤愤然想投书向该刊抗议,一位音乐系的教授有何感想,更可想见了。

面临摇滚乐的流行,古典乐抱阳春白雪之忧,现代诗更有解人难觅之叹。国内的读者也许要奇怪,何以摇滚乐竟会威胁到现代诗的市场?国内的读者有此一问,是因为国内听摇滚乐的少年,大半只听到铮铮枞枞的吉他、铠铠䩄䩄的鼓和歌者的慷慨悲歌、激楚吟啸,而没有听出,或许也无能听出,歌中那些昂扬与低回的诗句①。是的,摇滚乐也是一种诗,以吉他为标点,鼓为脉搏,节奏感特别敏锐的一种诗。国内的流行音乐,从写词,配曲,伴奏,直到演唱,一向呈分工状态。英美的摇滚乐,多的是一以贯之的全才。披头士的列侬和麦卡特尼,在决裂以前,便经常在一起边作曲边配诗,然后在演奏会上自弹自唱。女歌手之中,这种一身而擅诗、曲、奏、唱的全才,自琼妮·米歇尔(Joni Mitchell)以下,

---

① 这只是我多年来的印象,确实与否,尚待仔细观察。

至少可以数出一打。事实上，劳拉·尼罗（Laura Nyro）的一首，譬如《美人黑痣》（*The Blackpatch*）给我的"诗感"，敢说十倍于当代任何一首美国诗：

> 晒衣夹夹着晒衣绳
>
> 窗子连着窗子
>
> 短袜子和铃铃和睡袍
>
> 晓空中的流苏穗子①

在某种意义下，今日英美的摇滚乐手，往往令我悠然念及欧洲中世纪的行吟诗人（trou-badours）和《诗经·国风》里的歌者。二十年来，台湾现代诗坛流行着"诗非歌，歌非诗，两者必须分家"的信念。当初纪弦先生强调此一论点，确乎起过一番澄清的作用，实在功不可没，不过，我相信当初纪弦先生心目中的所谓"歌"，该是真正属于"下里巴人"的流行歌。那些歌，无论就曲就词而论，确乎非常庸劣鄙陋，有污聆者之耳，难怡识者之心。可

---

① 劳拉·尼罗，《美人黑痣》第三段。仅看她的诗，不听她自唱，已经雾中看花。仅看我的译文，则连雾也看不见了。

是《诗经》、乐府、唐绝、宋词、元曲,无一不在指证:许许多多好诗,都产生在诗和音乐结婚的蜜月,不,蜜朝蜜代。今日英美摇滚乐的盛况,令我益坚此信。

把摇滚乐当作一种诗,或是诗与歌综合的一种严肃的新艺术,这种观念,也许美国的学府文坛一时间尚难以下咽,可是美国广大的青年早已全心全意接受了这个事实。以披头士为例,他们每一张大小唱片都轻易销过百万张;到一九六八年一月为止,他们的名曲前后经过千百位名歌者的录音,例如《昨日》的歌者已达到一一九位;那时为止,他们在全球的唱片总销数,已达二亿二千五百万张。我这么列举数字,很有点市侩用统计学代替批评的嫌疑,假如我不是同时真正倾倒于他们迷人的艺术。从古典音乐到现代的"蓝调",从《爱丽丝漫游仙境》到《荒原》,披头士的艺术渊源之广阔,变化之繁富,表现之自然,无不令人欢喜嗟叹,且舞之以手,蹈之以足。事实上,学府和文坛对这种新艺术的观望和怀疑,也早在冰释了。音乐评论家罗伦说:"披头的出现已成为一九五〇年以来音乐史上最健康的盛事之一,对于这件事,任何有识之士都不能或多或少不有所反应。"他又说,"披头的一些歌已经成为经典名作,且可比拟蒙特威尔第、舒曼、普朗克等音乐全盛时代的大师们的作品。"①

再以鲍勃·迪伦为例。这位迪伦对于当代抒情诗的影响，恐怕已经有超越另一位赫赫有名的迪伦之势。②虽然在日趋僵化且渐与青年脱节的正统现代诗之中，他的名字尚在黑名单上，虽然奥登说他从未听说过鲍勃·迪伦的名字而查尔迪和辛普森认为他"于诗一无所知"，普林斯顿大学却在一九六九年颁给他一个名誉博士学位。《青年美国诗人》一集的编者卡洛尔，在两度邀请迪伦参加诗选而不获回信之余，这么结束他的编者序言："未能选用迪伦的作品，似乎是分外的遗憾，无论就他净化了的温柔与愤怒，或是他有号召力的想象而言，他都不失为他那一代的最佳诗人之一。"哈佛大学一位学生说，把迪伦的诗当回事，是"荒谬可笑的"，可是布朗大学的一位学生却说："我们才不管他摩西斯·赫尔佐格的什么'焦灼不安'或是诺曼·梅勒的什么个人的幻想。我们关心的事情，是核子战争的威胁、人权运动，以及美国，尤其是在华盛顿，流行的欺骗、乡愿和伪善的传染症，而鲍勃·迪伦是美国作家之中，唯一能够把这些题材处理得令我们感到富有意义的一位。就我

---

① Ned Rorem, *The Music of the Beatles*。此文全长约一万字，我已译成中文，尚未发表。

② Bob Dylan 原名 Bob Zimmerman，后来因为崇拜 Dylan Thomas 而改名。

们而言,事实上,他的任何一首歌,比起罗伯特·洛威尔之流获得普利策诗奖的整卷诗来,无论在文学或社会的意义上,都生动有趣多了。"

✧

绕了一个大圈子,且回到"看冷落"上来。

成就不凡、颇负时誉的一位诗人,在一个大城的大学里演说,消息事先刊于报端,竟不能吸引到两百听众。另一方面,几乎任何一位二流的摇滚乐行吟诗人,如尼尔·杨(Neil Young)或约翰·丹佛(John Denver)之流,在一抖发一挥琴之际,都能轻易招来三五千的聆者。为什么?

是丹佛比东西两岸闭塞,还是丹佛大学的学生特别不同情现代诗?也许是的吧。可是同样的大学生,去红石剧场听朱迪·柯林斯的演唱会,一夕却达一万四千人之众。

早在五十年代中期,金斯堡等在旧金山崛起之初,美国的现代诗就有了"正统"与"江湖"之分。在艾略特、奥登等的麾下,正统诗人坐拥学府、大季刊、基金会,磨其"新批评"之利凿,雕其玄学派之机心,视域所及,仍是欧洲文化的正统。江湖诗人则落魄载酒,散发吟啸,从艾略特的课室里逃学出来,且响应惠特曼缪斯移民的号召,把巴纳塞司整个搬到西岸去,为了能隔水看中国、日本和印度。这种正反之分,到了摇滚乐大兴,更为显明。正统的现代诗人鄙弃田园而拥抱都市,他们要拥抱工业文明像拥抱一个妓女,他们要归化机械于诗中,使其生根如古堡与帆船。在"生态学"和"保护自然"①的新观念下,摇滚乐诗人断然反对工业文明,反对空气和水的染污,反对"专家政治"下社会的种种病态。他们重新发现布雷克、雪莱、梭罗、惠特曼、威廉姆斯。他们要回到箪食瓢饮摩顶放踵的基督精神,且称基督为"熠熠明星"。他们

---

① "生态学"和"保护自然"成为近几年美国朝野一致注意促进的大事。西方的科学,在征服自然之余,不幸也严重地威胁到自然界的平衡状态,以致陷人类于危机四伏之境。在反工业文明的新思潮冲击下,美国的青年于政治则向往无为之治,于生活则强调重返自然,所以对于西方的浪漫主义和东方的田园思想,皆有再发掘的兴趣。"小国寡民,使有什伯之器而不用,使民重死而不远徙。虽有舟舆,无所乘之,虽有甲兵,无所陈之。"老子的思想,诸如"寡民"(人口节制)、"不乘舟舆"(防止车烟染污)、"不陈甲兵"(禁用核子武器)等,反而成为先知先觉了。说到"不乘舟舆",我有一个现成的例子:最近科罗拉多州立大学有十几位学生和两三位教授要我教他们中国古典诗的吟咏。科大在洛基山下的博尔德,寺钟学院在丹佛,其间距离为三十哩,乃发生了交通问题。吟咏雅集前后六次,我要他们来丹佛就穆罕默德,他们则要穆罕默德去博尔德就山。山与穆罕默德,相持不下,最后科大的一位教授说:"还是你来博尔德吧。一辆车在公路上染污的程度,总不及我们几辆车吞云吐雾那么厉害!"这顶"生态学"的大帽子一压下来,我只好乖乖去朝山了。

倡导回归自然，纵浪大化，于是四十五万人露宿在纽约州的伍德斯塔克牧场，听了三天的摇滚乐。最近更有一部摇滚乐的西部片，其中的主角，在这样的精神下，宁愿放弃神枪手的头衔和奢华的享受，回到自然，在田里种几行菜。①正统的现代诗人，对于形而上的探索、个人梦幻世界的追求和矛盾语法的经营，津津乐道，对于诗的社会意义和时代精神，则避之唯恐不及。摇滚乐诗人对于诗的所谓纯粹性，并无多大兴趣，他们对于当代的各种问题，却极为敏感且乐于处理，面对千万大众，他们有许多切题的话要说。所谓 protest song② 已经成为摇滚乐的一大部门。摇滚乐是一种洋溢着同情和活力的新艺术，它的境界或昂扬，或悲愤，或温柔，或谐谑，但是绝少正统现代诗中常有的那种颓丧和无聊。青年们在现代诗的迷宫中既不得要领，自然而然，便一起投向摇滚乐的鼓声中去了。

一座山究竟要活上几年

---

① 片名是《撒加利亚》（*Zachariah*），主角约翰·鲁宾斯坦（John Rubinstein）不是别人，是钢琴大师鲁宾斯坦的儿子。这正意味着，这一代的音乐感性和上一代有多大差别。这部摇滚乐西部片一出来，等于宣布一切西部武打片的死亡，其意义，可以比拟"堂吉坷德先生"之于骑士文学。摇滚乐对于美国电影的影响已经不小，当另文以论之。

② 反抗主流，有别于正统音乐的歌曲。——编者注

才能够冲到海洋?

那些人究竟要活上几年

才能够得到释放?

一个人究竟要几次别头

假装他没见那景象?

答案啊,朋友,在风中飞扬

答案啊在风中飞扬[①]

拿鲍勃·迪伦的这节诗和威尔伯的任何一节诗对比一下,都可以立刻发现,迪伦的句子虽然不及威尔伯的雕金镂玉,圆润生光,但呼吸的却是我们这时代。

一九七一年五月九日于丹佛

---

① Bob Dylan: *Blowin' in the Wind*第二段。

撑起，善继的伞季

经过了大约十五年的发展，现代诗在台湾似乎已经形成了一个可以感觉得到的"传统"。同是青年作者的诗，接受过这个"传统"洗礼的，和仅仅接受五四或三十年代哺育的，其间立刻显示出从本质到技巧的种种差异。拿台湾一位青年作者的诗，和香港、星马，甚或旅美的华侨青年作者的诗，做一个比较，往往会得到这样的结论。我没有说菲律宾，因为菲律宾年轻一代的华侨诗人受台湾地区现代诗的影响已经颇深。台湾地区的现代诗在香港地区、星马、美国的华侨之间固然也已发生了不小的影响，但是在大体上，似乎还不能压倒五四或三十年代的余泽流风。

但是现代诗的这个"传统",在台湾年轻一代的诗人之间,确已"源远流长",来龙去脉,历历可数。有时候,我们甚至于可以指认,说某句是来自某某,而某行又来自谁何。善师者师其意,不善师者袭其句。年轻作者之中,后者显然是多数。读他们的作品,往往上句仿佛方思,下句依稀夐虹,很有点儿集句的味道。真能出蓝胜蓝,自成一家的,真是太少太少了。

施善继,是近年来引人注目的一个名字。他的作品显然不属于袭句、集句的一群。他的几篇最好的作品,已经有一点"独立宣言"的气概。如果他能坚持下去,悉依自己的形象去塑造自己,则终有一日,他的独立将为诗坛的列强欣然承认。但是,在详读他的第一本诗集《伞季》之后,我们仍不难追溯,他在创作的过程之中,曾先后受过前人的什么什么影响。大致说来,一位作家的缺点往往属于他的时代,但他的优点往往属于他自己。施善继的情形也是如此。

《伞季》共分五辑。第一辑"菲莉莎"中的作品,都是赠给在菲律宾的一个女孩子的,风格属于浪漫的抒情。在现代诗泛滥着情欲的今天,这些诗一方面能免于青年人而故作中年人情欲的姿态,另一方面又能免于旧浪漫派过分天真的直接宣泄,不能说不是一种幸运。《消息》《故乡》和《三月》是三篇上乘的散文诗,节奏活泼，语调柔美而自然，意象的细节也交织得很好，有现实感。原则上，我是拒绝写或看所谓散文诗的。通常所谓散文诗，既无散文的自如，又无诗的精练，只能说是两者之间的一种妥协罢了。在形式上，散文诗和诗之间最大的差异，就是前者不用操心分行的问题。分行，是诗人最头痛的技巧之一；一个诗人在分行上如果没有一手，则他的节奏，从一行到一段到整首诗，必皆失却控制。散文诗比诗好写，就在于不要分行。但是，要把"不分行的散文"写成诗，也不是一件容易的事，因为这时诗的节奏不能再靠分行来强调，必须自成格局才行。在诗中，"行"与"句"时分时合，交织成趣。在散文诗中，"句"只是句，做单线的进行，因此，在"词组"及"从句"的分布上，也就是说，在标点的使用上，必须加倍注意。施善继在这方面，可说很下功夫。我要肯定地说，施善继是目前最好的散文诗人之一。

一点点阳光的，这日子，你在云层，唉，乡音就此静寂。你在我的上头，而那里是肖邦的月台。小街湿湿，星子们今晚一定更加忧伤。

——《消息》

你躺在丘陵与丘陵拥挤的东南，以缓和的体温谛听泥土呼喊黎明前的幽暗，富庶得几乎忘记地平线和杉木的委婉，顺一阕南管注入晋江，汇向海洋。

——《故乡》

在陌生的岛屿，一些日子分食你，你是云絮，把玩风筝，在胸臆那样亲切的平原。

——《故乡》

用孩子气的唇探问故乡，你说，教堂的钟声可以洗净染尘，但路迷失在你的眼中，你迷失在一疋雨丝怅怅的编织。

——《故乡》

把一亩阳光，不管别人如何，全拿去晒在你的胸前，还需什么呢？懒散的愉悦，愉悦的羽毛球游玩，缤缤纷纷自拍击间飘落，像天鹅湖的雪。菲莉莎总任性得可爱，在春天，仍贪恋冬天里那截没点完的蜡烛，而耶诞红熄了，炉栅的火也残了。你提着那一篮新鲜的奶酪去树林，喂谁？归途上，趁便告诉祖母和小花鹿，溪涧溶了，你的篮子换来盈盈的鸟声。

——《三月》

在我们的文坛上，许多所谓名家的散文，还不如一些高级的译文精彩。我常觉得，不谙外文的作者，如果能熟读几部名著的上乘中译，对于自己的创作，当有良好的影响。方思的文体和句法，颇有一点翻译的味道，但是"洋"得很好。痖弦的也是一样，但更口语化。施善继不如方思那么冷，也不如痖弦那么甜，但是由于甚少使用文言与中国古典背景，更饶有翻译的趣味，当然，我是指相当雅洁的翻译。

《银河》与《银河的变奏》是一对孪生诗，形成有趣的技巧性的对照。方莘也做过同样的试验。我觉得《银河的变奏》正好显示分行的优点，在节奏上很甜美，有一唱三叹之姿。诗中的意象鲜丽生动，只是太富异国情调了一点。有人戏言，早期的叶珊颇有用诗写外国地理的嫌疑。后来王宪阳、白浪萍、陈东阳等对这种诗着实迷了好一阵子。我必须说，这种诗也没有什么不好，有时还真很迷人，不过它不很现实，同时仅仅有"情调"恐怕也不等于诗。《银河》以喜鹊开始，继而引至唢呐、花轿、蓉蓉等中国的事物，但同时又招来印第安的红鹰酋长、高加索、回教寺院、拿玻里[①]等，在地理上太"集锦"了，是一缺点。纯就意象而言，许多句子确是够圆熟的：

---

① 指那不勒斯。——编者注

那时　在拿玻里

在珊塔露凄亚港湾[1]

傍晚　在蓝波深处

渔人已归自海上

他的故里

　　蓉蓉

Sampaguita一首，四段不够统一，门德尔松和高克多两个典也不必要。不必要地以西方作家、艺术家、书名，及其他人名、地名入诗，曾是（甚至仍是）现代诗流行的毛病之一。此外，在篇首或文中再三引用纪德、艾略特、萨特等的名句，也已令读者日久生厌。现代诗中一再引用"一粒麦子"，正如早期的新诗一再引用"如果冬天来了"一样地成为无意义的滥调。菲莉莎既在南方的岛屿，大可向吕宋、向民答那峨等就地取材，不必向欧洲去乞援吧。"三把吉他"一词音义并美，如果运用得好，确是可以用为叠句，写成一首迷人的歌的。近来一些渐入中年的诗人，已渐渐摆脱这种为西方专有名词"点名"的习惯。这是一种成熟的现象，值得青年

---

[1] 指桑塔露琪亚港，那不勒斯最美的港。——编者注

诗人思考。

《啊,马车夫》是一首甚有意境的好诗,但意象的发展,自马尼拉而西班牙而丹麦,仍不能免于装饰性的"异国情调"。有些词句,像"椭圆的蹄音",像"背后曳着变换的风景,我们溶解在无纤维的南方"等,都是很有灵感的笔触。末段很流畅、朴素、自然:

　　我们已抵达盛装以前

　　马与车都仍在熟睡

　　那湖梦可任意漂游或者栖息

　　我们划着一个岛屿

　　在月与夜的中央

　　水草与青蛙忘忧的岸上

第二辑是"素描"。其中作品不很整齐,例如《拾荒者》一首,除了"黄昏一块告示逐渐老去"是极佳之句外,通篇都很晦涩,而且晦涩得并不动人。《七月》一首不无佳句,唯整首诗仍嫌零乱,爱因斯坦和莫扎特的出现也无必要,而用英文字母D来称呼诗中人,于音调、于意象都无补益。《二月》一首的末段很可爱,但第二段仍嫌太乱。全辑中最出色、最成熟的,当然是《素描》五题。这一点,使我益信施善继是我们最好的散文诗人之一。在这些散文诗中,他的句法伸缩自如,从极短到极长,从叙述句到问句,非常富于弹性;对于第二人称的口吻,也显得很亲切。这些诗中,我们触及美好的蜕变了的瘂弦、叶珊、郑愁予,和很多很多的施善继。最圆融清澈的一首应该是《标示士》了:

从任一段木材可以阅读你底岁月,你底耳朵有整座锯木厂的声音。

从屋后的清溪可以阅读你底①岁月,你底耳朵有整潭碧绿水的声音。

祖父牵你绕过:情人谷。

你牵着伊绕过:情人谷。

第一题"军曹"的末段也很动人:像"兄弟,战争的兄弟,一定有成排难爆炸的地雷深埋在你熊熊的眼中"这样刚美的句子,不见得一定就输给洛夫吧。"素描"最后一首《一月四日》,是悼

---

① 底,老派文学作品中的通用字,现一般写作"的"。——编者注

念艾略特的。我觉得这是一首不成功的作品，因为第一，意境太隔（王国维所病之隔），例如第二、第三两段，就只有枯干的概念，没有形象，更无生命；第二，末段用的三个典皆不切题：贝多芬的《英雄交响乐》是悲壮沉雄的旋律，肖邦是浪漫大师，托斯卡尼尼也是浪漫音乐的诠释者，悼这么一位反浪漫的主知诗人，竟联想到这些浪漫的过去，是很不合适的。

第三辑"东卫组曲"恐怕是全书中最平淡的一辑，比起前二辑来逊色多多。《风季之后》的末段很有韵味，但整首诗仍嫌太隔了些。《在小麻雀的井边》不够浓缩，诗中的舅舅也稍嫌"洋"了些。《曲巷》的构思很好，本来可以成为一首绝妙的半田园诗。例如单行的第二段和末段的前半，就是很美很美的片段。可惜第一段末三行的句法太别扭，第三、第四两段仍是太隔。像"歇业的小店有灰冷的叹息"和"我已全然舒放一隅忧戚"一类的句子，皆病在抽象，也就是王国维所谓的"隔"。《挽歌》太晦涩。《秋千》则太像痖弦。

第四辑"石门"比"东卫组曲"好得多。《海之春》自然可爱，一结尤妙。《十七叶》清丽可诵，末段尤空灵之极，如果不用泰戈尔那意象，将更为清畅。《月方方》是一首颇有深度但表现上很不平衡的作品，容我引第二和第四两段为例：

> 五月的第二个星期天
>
> 去年的荷包成了今年的伤感
>
> 今年，今年你仍拧曲希望
>
> 顺沿我的灰心潺潺直下（二）

> 伞季不论在冬在夏
>
> 我总系念伞下的你的感觉
>
> 让我撑永爱为春
>
> 永爱为秋（四）

相比之下，我们几乎立刻感觉到，第二段不但平淡，简直模糊，第四段则鲜明突出，真情流露。原因很单纯。第四段无论在意象上或节奏上都是一气贯串，因此境界全出。从"伞"到"冬"和"夏"再到伞下人，从"伞"到"撑"，再从"撑"到"春"和"秋"，发展快速而自然。有了"永爱"，竟能一伞撑成四季，这真是奇妙的伞季，美丽的伞季。第四段中，"永爱"是唯一的抽象词，但由于它达成了伞和四季之间想象媒介的任务，已经活了起来，不再给我们抽象的感觉。反之，在第二段中，以仅有的一个形象"荷包"要把"伤感""希望""灰心"等抽象的概念提升到现实感的层次，当然注定要失败。几个负有"想象催生作用"重任的动词，也用得没有形象、没有力量。去年的荷包"成"了今年的伤感；希望只是"拧曲"了；而"顺沿我的灰心潺潺直下"的，究竟是什么呢？是拧曲了的希望呢，还是伤感呢，抑或是泪水？在此我必须指出一个现象，凡从事比较文学或翻译的人都不可忽略的一个现象，那就是，抽象名词的使用，其成功的机会在中文诗中远小于在英文（或其他欧洲文字）诗中。原因是在英文中一个抽象名词就是一个抽象名词，含义如此，字形也是如此，例如beauty，例如loveliness，例如excitement。中文则不然，抽象名词不具特有的字形，因此"伤感"是名词也是形容词，"希望"是名词也是动词。也因此，在诗的翻译中，一遇到抽象名词，中文就要大伤脑筋。

> A thing of beauty is a joy for ever:
> Its loveliness increases; It will never
> pass into nothingness.

济慈一口气用了三个抽象名词，诗思有赖的三个抽象名词，中文译者该怎么办呢？用"虚无"应付"nothingness"还可以，用"可爱"应付"loveliness"已经不像抽象名词，至于用"美的事物"去译"a thing of beauty",事实上和"a beautiful thing"没有什么区别。我要再强调一次:在中文诗中使用抽象名词,是吃力不讨好的事情,不是高手,常会失败。即使高手,也不易成功。一失败,就成为"隔",也就是"不可感"。一般读者不能接受现代诗,这应是一大原因。

对施善继也是一样。我总觉得,他的佳境往往在一些"不隔"之句,例如《风铃》中的"你持桨划入厚重的烟雨",和《曲巷》中的"牛粪青青的香味点饰着"便是。他的败笔,至少有一半是在抽象名词的失却控制。这种情形,屡见于《陨星的故事》一诗,但《陨星的故事》之不成功,还有两个原因:其一是术语的唐突闯入(例如"计划高的字数恒在");其二是西洋文化专有名词的泛滥(例如"描绘苏格拉底不知名的孤独",和"似门德尔松的《康宗特塔》舞曲")。

《石门》是一首锤炼有成之作,字句扣得相当紧张。意境不无晦涩,但不是不可感。我只是感觉,"未竟之渡"之类的词句,既已"名花有主",不佩带起来也罢。第一段好。末段也耐人咀嚼:

像海固执着蓝色
我欲把事件建筑在人的高度以上

让企仰举起脚跟

　　跪下以宗教式的虔诚

只是我以为，"宗教式的"四字太露了一点，而"跪下"之后，如能加一个逗点，对意义的强调和节奏的调剂，都有帮助。同样，前引《月方方》中的两句：

　　伞季不论在冬在夏

　　我总系念伞下的你的感觉

好是极好，只是第二行连用两个"的"，显得弱些。如能改成"我总系念伞下，你的感觉"，或是"我总系念，伞下，你的感觉"，当可减少一个"的"字。我要建议善继，多多注意在行内用标点，以求更精确地控制节奏。

同一辑中，《安平》淡淡着笔，色调古拙可爱，首段尤自然成趣。《淡水》需要重写，因为它受别人影响太著。"暮色in B Minor降下"，完全是"万圣节"句法。

第五辑也是最后一辑的"飞幡之歌"，是全书中最富试验精神但也是最晦涩、最着意趋附时尚的一辑。这些诗大概都可以称为

"典型的现代诗",优点固亦不少,但流行的现代诗常见的毛病,似乎也都具备了。在这些诗中,固然有不少的施善继,但似乎也窥得见许多许多的痖弦、洛夫,以及其他。比较说来,还是《飞幡之歌》最好,其他的几首类皆意境含混,意象繁杂至于壅塞,词句和节奏充满流行的现代诗的回声。举一个例子,名词多数加"们"以识,几已成为痖弦的商标,因此在善继诗中再出现"鸟们""雨们""泪们""异族们"等,就会令读者感到不悦。何况在"异族们"一例中,"族"已经标明多数,加上"们"字,乃显得累赘不堪。《横墙》的末段:

  而有人利用上颚歌颂罂粟
  且在山腰栽培它们的成长
  收获,与乎绵延繁殖。
  我们势必批购破烂的法兰绒长裤
  在院子里一一焚掉

  这是本辑中稍稍能免于晦涩且可感可诵的少数段落之一,但是颇像痖弦。同一首诗的第三段:

裂痕之镜一匹黑帆浮升

在血流之循环中

我们深信只要渗有女人的呼吸

帆便因风之静止

摸不清徐徐跳动的脉搏

又有一点洛夫的味道了。《瘟疫》也是这样一首极不平衡的作品。有的片段很好，例如末段的前三行：

踱蹀后。那蜥蜴与一亩仙人掌

　　　　倾听

山山之相诉

但是第二段：

遮阳伞般，阴影之整季回避

我们被滤过后到达瘟疫

到达毋须分类的畜牧场

栏栅或鞭挞之一致

> 或一致构成部分金属之内里
> 在静谧的中古式街道两旁
> 我们希冀同罗维那浅蜜色建筑物
> 　　纤纤细细的搭讪
> 或挨过轰炸不损毁之瓦砾

我以为读者是不可能接受的。因为第一,意象虽繁多,却互不相涉,未能交织成一个可感的现实。如果说,这就是所谓超现实,那也只能视为一种不成功的企图。第二,语言不够和谐。主要的原因是,不必要的文言语法太多,而这类语法及词汇与口语之间又显得格格不入。像"毋须分类""一致构成""损毁""静谧"之类的词句,和"搭讪""挨过"之类的口语,以及"遮阳伞般""被滤过后"之类的欧化语法夹杂在一起,令人难以卒读。在文字上既失去控制,在主题上,自然也非常含混,我读了好几遍,仍是茫然。

《异端》也是这么一首不平衡的作品。除了许多句子都有来历之外,段落与段落之间似乎很少呼应。第二段的别扭和第五段的自然,好像出自两人的手笔:

而两岸屏立的草叶间

异族们从不哭泣被变质贩卖的赤裸

（河水顺势流向潺潺的尽头

扇子里摺叠着嬉笑的温柔）

涉渡之顷。它们的执拗

诱引我的恐惧去经历一次石柱严肃性的崩溃（二）

鸟叫

新翻泥土的气味

池塘里水们开始上升

阶前两株夹竹桃轻摇（五）

《脚印》也是一样。第二段末二行患的，正是目前现代诗常见的流行病,难怪要招来香港一位作家的批评①。总之,我发现"飞幡之歌"一辑的作品太晦涩、太隔、太不自然,因此像许多同类的现代诗一样,是很难为人接受的。

我的结论是:从《伞季》这本诗集看来,施善继是目前少数的杰出散文诗人之一。在现代诗的创作上,施善继已经发展了不无可观的"轻工业",但发展"重工业"的条件似乎尚未充分具备。对于他以后的发展,我愿意做下列的几点建议,希望他慎加思考。

第一,颇富独创潜力的他,到目前为止,还未能完全摆脱某些名家的影响。希望他能撷取那些先驱的精神,而跃越他们的形貌。
第二,他的许多鲜活佳句,都得力于口语的自然韵味,因此希望他

---

① 见香港古苍梧的《请走出文字的迷宫:评<七十年代诗选>》一文倒数第二段:"在新诗人当中,施善继和施伤勇都有着潜力,这潜力依然来自他们真诚的人格。流风所及,施善继会有'啼音,脚印以及不规则的崩溃熔合而一'这样古怪的句子,然而我宁取
　　伞季不论在冬在夏
　　我总系念伞下的你的感觉
　　让我撑永爱为春
　　永爱为秋
这几行的真切与潇洒。施伤勇也会有'那时潮声常把一船的命运涌上两岸并把女人们的不安与急躁带走而且溶化在它潮湿的子宫里'这样的造作。但他却也能写'而我,我曾亲手把一份忧愁带给母亲。将一份喜悦与天地交换'这样开朗感人的诗句。我诚愿伤勇不会像某些现代诗人一样,坠入文字的幻觉里。"

向生动活泼、朝气勃发的坦坦大道欣然迈进,不要再依恋某些又像文言又像翻译的装腔句法。说到文言,我发现施善继于古典并无深厚背景,因此,与其经营不够古典神韵的文言句法,不如干脆在口语的"帅"劲上狠狠下点功夫。近年来白萩在这方面的努力是值得参考的,尽管白萩的目标不在"帅",只在"朴"。第三,现代诗的流行病不能再患了。不必要、不见效的晦涩应该下决心"戒"掉。造成意境上"隔"的抽象名词,应该小心使用,如果不是完全清除的话。另一方面,过度纷繁的意象,一旦失却控制,只有造成壅塞的现象。其结果,是杂乱,不是丰盛。要知道现代诗中有些技巧,很像特效药一样,使用过量是会有副作用的。有些高单位的维他命,不小心,也会"危他命"啊。

正当现代诗杞忧后继乏人之际,施善继,应该名副其实,善为后继。然则善继善继,圆满撑起,你永爱的伞季吧。

一九六九年八月十二日

宛在水中央

有一次叶珊喟然谓予:"这些年来最叫人悲伤的事,莫过于多少对当初齐名的至交,为了争雄于文坛或艺苑,终于割席分手,形成路人。据我所知,你和夏菁几乎是仅有的例外。"叶珊的发现,使我终宵追忆,我和夏菁结成文坛兄弟以来,几近二十年的种种往事。真的,要在当今的中国文坛,寻找一对二十载不渝的同伴,不会比在好莱坞寻找一对二十载尚未离婚的星侣更容易吧?

吵架和决斗一样,是一条双行道。如果一方勃然掷下铁手套,另一方却莞尔相视,则独自操戈何等无趣。我和夏菁的友情绝不可能如此长寿——如果他不幸也像我这样"无霸才而有霸气"（这是我所有的敌人开会议定判我的评语），也像我这样刚愎自用，而且喜欢挥霍个性。我风雨如晦，他水波不兴。我怒目作金刚，他低眉成菩萨。

夏菁就是这样有容且无欲。在文坛上，他躬耕于"纯文学"，不求闻达于七厅八组，更不求奖金与出国开会。在家庭里，他是一个怕太太怕得恰到好处的丈夫，管孩子管得近乎老庄的父亲。在中国，他是一个人淡如菊、交淡如水的君子，在西方，他是一位处处可以为家但时时不忘忧国的世界公民。宛在水中央，在异国的一小屿上，他是一洒自给自足的喷水池。

一九七〇年九月

在水之湄

第三度来美国，见面最频的故人，应数叶珊。惜乎水湄的诗人始终在水湄，不是醉卧太平洋畔，便是行吟大西洋滨，而我，一直山隐在丹佛；波上，石下，握手言欢的机会依然恨少。

叶珊和我，相近之处甚多，相远之点亦复不少。譬如挥笔行文，他绝少泄露原名，我绝少遁迹笔名。他豪饮如长鲸吞海，我酒量十分迷你。他顾盼之间，富于名士风味，虽未深入希癖之境，对于理发业的生意，亦殊少贡献；我的生活，相形之下，就斯巴达得多。他和少聪结婚四年，"人口政策"一直严守《道德经》的古训；我一时失策，竟为中国的"人口爆炸"添了一分威力,结果是尾大不掉,狼狈如一只飞不起的风筝。

不过,大同之处仍然很多。两人都右手为诗,左手成文,都有一只可疑的第三手,伸向翻译和批评。都从爱荷华河饮过洋水,都成了白笔化雨以滋青青子衿的人师,一句话,都属于"学院派"。叶珊的诗,落笔便作满纸云烟,不让杜步西独步西方。他的句子纯以曲线构成,很难拉直成散文。他的散文自成一家,闲闲运笔,轻轻着墨,"内功"颇深。

这次来美,发现还有一项同好:摇滚乐。看到异国披发朗吟的诗人,一挥手,一投足,一启唇之间,欣然而聆者数以万计,乃感到自己的现代诗太冷、太窄、太迂缓了。

一九七〇年十二月

第十七个诞辰

叶珊几度来信,说现代诗在台湾的历史,先后已近二十年,在屈原沉江之日,"各家各派"的作者如果能平静地回顾并检讨一番,应该不是毫无意义的事情;又说要我以蓝星诗社"掌门人"的身份,参加这一次的回顾。最初我要他去请夏菁,另一位"掌门人",来写这篇文章。他回信说,夏菁遁迹江湖,封剑日久,手头又缺翔实的资料,因此无意出山,结论当然是不放过我。两年来,我浪游海外,山隐丹佛,挥笔无非蟹行,摇舌且多音节,除了回肠萦心的故国以外,对于许多事情,包括所谓现代诗,都看得相当之淡,正如叶珊自己也常说的,"没有诗,照样活得下去"。这样的心情下,要我大动笔墨,旧创复发式地回顾起来,说什么也是不胜任的。何况这几年来,我对于侠客式,不,乞丐式的无酬写稿,早已深恶痛绝,认为编者于此,是助纣为虐,作者于此,是姑息养奸。至于剑一出鞘,锋芒所及,不免又要伤人,更是仁者不为,智者不取的愚行。

然而我还是答应了叶珊。所谓"答应",当初只是摇摇舌头,轻松得很。如今限期将至,一摇舌成为千挥笔,虽然"这是知更鸟的日子",知更在洛基山里叫我去玩,也只好毁了一个周末,闭户下扃,大孵其豆芽了。这就是文艺青年所谓的"人生的荒谬"。

在这篇文章里,我要做两件事:第一,是回溯蓝星诗社的种种;第二,是稍稍检讨现代诗的过去,并隐隐眺望现代诗的未来。我要在此声明的是:

第一,文中的言论只是我个人的偏见与狂想,并不代表蓝星诗社。

第二,他乡做客,剪报存书只能留守台北的书斋,因此手头毫无参考资料,也因此,许多事实,尤其是日期,都无法叙述得精确可靠。如有谬误,将来一定补正。

第三,离岛二年,岛内诗坛近况,虽间获书刊窥其一二,毕竟隔海看山,仙踪茫然,不足为凭。因此我的评论所及,应以一九六九年夏天为止,过此则有臆测之嫌。

第四,这篇文章的剑法,以阴柔为主,无血无痛,点到为止,无意深入。二十年后,天下的豪侠应可封剑论道。分胜负是虚荣,决死生是愚妄。

第五,本文提到的人名太多,为省篇幅,不及一一尊称女士或先生,尚请原谅。

第六,诗是我的初恋,但不一定成为我的末恋。近年来,我的艺术兴趣,从翻译到批评到散文,从西洋画到古典音乐到摇滚乐,虽说与诗并行不悖,毕竟不是纯诗的了。所以如此,潜意识上也许是对缪斯的一种"报复",要向她证明一点,就是,天下之美,不尽在此。加以我近年来对诗的组织,很少参加,对办诗刊,很少兴趣,朋友们当可领略此中之"淡"。至少久矣我不复有"刊物等于领土"之幻觉。则此时此地,我再来谈诗,加有逆耳之言,该非违心之论吧?

我是在一九五四年年初,几乎同时认识钟鼎文、覃子豪和夏菁的。那时正值纪弦初组现代诗社,口号很响,从者甚众,几乎三分诗坛有其二。一时子豪沉不住气,便和鼎文去厦门街看我,透露另组诗社之意。结果是一个初春(好像是三月)的晚上,我们三个人和邓禹平在郑州路夏菁的寓所,有一次餐聚。蓝星诗社就在那张餐桌上诞生。当时夏菁、曾函邀蓉子参加，蓉子有事未去，因此蓝星诗社的发起人，名义上说来，便只有鼎文、子豪、禹平、夏菁和我。

一开始，我们似乎就有一个默契，那就是，我们要组织的，本质上便是一个不讲组织的诗社。基于这个认识，我们也就从未推选什么社长，更未通过什么大纲，宣扬什么主义。大致上，我们的结合是针对纪弦的一个"反动"。纪弦要移植西洋的现代诗到中国的土壤上来，我们非常反对。我们虽不以直承中国诗的传统为己任，可是也不愿意贸然做所谓"横的移植"。纪弦要打倒抒情，而以主知为创作的原则，我们的作风则倾向抒情。纪弦要放逐韵文，而用散文为诗的工具。对于这一点，我们的反应不太一致，只是觉得，在界说含混的"散文"一词的纵容下，不知要误了多少文字欠通的青年作者而已。

子豪一开始就喜欢幻想，堂堂如蓝星诗社应该有一套基本的理论，因此在聚会的时候他几度提出自己的理论，似乎希望大家接受，成为诗社的信条。幸好鼎文、禹平、夏菁屡加阻止，他才作罢。鼎文一向不好理论，禹平富于四川人的幽默感，夏菁则一闻主义长派别短就不快乐。事实上，子豪也是四川人，所以私下夏菁常对我说："这是以蜀制蜀。"每次听了，我都忍不住要笑。

当时众人在餐桌上议定,编辑的事务采用轮流方式,每人负责一期。可是这种轮流制,如果欠缺成熟的民主训练和责任感,往往是行不通的。子豪自告奋勇,不久在《公论报》上洽得一块园地,便逐期编起《蓝星周刊》来了。当时和他接触的作者很多,其中也有好些是参加了纪弦的现代派的。这些人很自然经常在两人之间走动,对于子豪和纪弦之间的冷战心情,不免越扣越紧。子豪主编《蓝星周刊》,既然集稿有方,编辑甚力,又乐之不疲,其他四个人久之也就采取默认的态度了。事实上,鼎文和禹平都相当懒,禹平当时已经少产,鼎文后来也渐渐减产;夏菁和我,发表的刊物很多,我自己更负责编《文学杂志》的诗作,两人对于印刷和销路皆不理想的《公论报》,可谓兴趣缺缺。子豪几乎是独力经营《蓝星周刊》,实在是很自然的结果。

至于"蓝星"这个名字,倒是子豪想出来的。那年夏天,大家经常在中山堂的露天茶座聚会,一面饮茶,一面谈诗,并传阅彼此的新作。有一天,众人苦思社名不得,子豪忽然说:"就叫蓝星如何?"他也没有解释为什么要叫蓝星,大家也没有多加推敲,一时就通过了。当时各人的作品也许大半不够成熟,可是写得都很认真,也很多产,聚会的时候,常有人带新作去传观,因此很有相互激励的意味。现在回忆起来,觉得那真是一个天真而且可爱的时期,也许幼稚些,可是并不空虚。

过了不久,蓉子就常常出现了。添了一位女诗人,我们的聚会就更多彩多姿。可是那时罗门还在纪弦的旗下,冲劲很猛,似乎他们夫妇两位,在文坛上的步伐不大一致。这情形,一直要到一九五八年间罗门脱离现代派并加入蓝星时,才告终止。同一时间,梁云坡、司徒卫两位也不时出现,且偶有刊稿。在子豪那一面,经常和他接触而和其他社友较少往还的,有白萩、向明、沉思、彭捷、辛郁、叶泥、彭邦桢、袁德星、朱家骏(后来的朱桥)等好多位。

稍后一点,大约在一九五五、一九五六年,夏菁把季予介绍给大家,可是要说到对于诗社的影响,则这位新人远不如同时出现的吴望尧和黄用。望尧的出现,大约比黄用要早一年,不过望尧的热和黄用的冷,前者的好逞幻想和后者的善于分析,在对照之下,大大地丰富了蓝星的视域。黄用于诗,才学都高,尤富批判的能力。一开始,他就对蓝星不整齐的阵容颇为不满,而于子豪在翻译和诗学上的表现,尤不敬佩。平心而论,子豪的创作,每有可取之处,晚年渐入佳境,亦复大有可观,可是他的外文和诗学,以言翻译和理论,终觉勉强,却又不知藏拙,因此在《论现代诗》一类的书中,错误百出。

因为黄用的加入，蓝星对现代的论战，一时军容大壮。一九五七年的夏天，蓝星同人又在中和乡夏菁的家中，议定要办一个季刊，由鼎文、子豪、夏菁和我各编一期。不知怎么一来，子豪筹到一笔钱，又演成他一人独编之局。他在封面上大书"覃子豪主编"五个字，令众人都不高兴。夏菁与我引此相戒，所以后来我们主持编务的时候，都不肯自己出面，只将光荣归于全社。

子豪既编《蓝星诗选》季刊，便将《公论报》的《蓝星周刊》交给了我。在我主编周刊将近一年的时间里，我还负责《文学杂志》和《文星》的诗作一栏，一时相当繁忙。主编周刊的经验，是憎喜参半的：憎，是因为《公论报》的纸张和印刷都比别的报纸差，误排既多，每星期五出刊后又往往会忘了送五十份赠刊给我，还要我亲自去报社领取；喜，是因为投稿的作者很是踊跃，佳作亦多，编起来也就有声有色。当时经常出现，且不少是初次出现在周刊上的名字，包括向明、阮囊、夏菁、望尧、黄用、张健、叶珊、夐虹、周梦蝶、唐剑霞、袁德星、金狄等多人。其中的金狄，是我台大外文系同学蔡绍班的笔名，他现在加拿大，常用本名在《中副》上发表哲学性的小品。痖弦、洛夫、辛郁、管管诸人出现得较少，原因是他们的作品，和上述其他诗人的作品一样，我往往移用到《文学杂志》上去。这时我和子豪合作得很愉快。两人在诗坛上的渊源相异，交游的圈子不同，不过对于新人的欣赏，大体上趋于一致，所以上列这张名单上可以自豪的名字，十之七八亦出现在《蓝星诗选》上面。

同时，透过子豪的关系，在《宜兰青年》上更开辟了《蓝星周刊》的分刊，由朱家骏主编。到底是朱桥的"前身"，编出来的这份分刊，已颇不俗。其实当时发表蓝星同人作品的刊物有很多，初不限于诗社自己的"机关报"；这些"友刊"包括《中副》《文学杂志》《文星诗页》《创世纪》《南北笛》等。有一次望尧还用了"巴雷"的笔名，在纪弦主编的《现代》上刊出了好几首怪诗，事后非常得意，好像是达成了一次间谍任务一样。

这时诗坛上有一个很美丽的现象：不少作者颇能发挥个性，创造自己独立的风格。也许今日回顾起来，那些作品显得粗些或者嫩些，或者天真得"不够现代"，可是大半生命饱满，元气淋漓，流露着可爱的本色，和稍后一段时期正宗现代主义产品的哽咽作态，大不相同。模仿甚至抄袭，不是没有，例如纪弦、子豪、愁予、痖弦等的作品，便是当时一般"盗写"的对象，不过比起今日的抄袭成风、面目依稀来，还是清新得多。

一九五八年夏天，先有罗门脱离现代派归来，继有"蓝星诗奖"的颁发和鼎文的宣布退出诗坛，一时蓝星诗社的动态，非常

"新闻"。罗门的投奔蓝星，很是戏剧化。他不但就此退出现代派，还要在《蓝星诗选》上发表文章，申明他退出的理由，并且向纪弦掷出一只铁手套。当时元气充沛的纪弦，一定比周瑜还要生气。七月一日，为了庆祝《蓝星周刊》二百期纪念，我们在中山堂颁发"蓝星诗奖"给吴望尧、黄用、痖弦和罗门。诗奖的雕塑由杨英风设计，梁实秋颁奖，子豪任主席，我致颂辞。那天观礼的人很多，包括《文学杂志》主编夏济安和现代派的重要人物方思。事后夏济安把我的颂辞刊在他的杂志上。得奖作者的阵容，显示这是蓝星"联创抗现"的一项政策。当时子豪和我不免沾沾自喜，坐在后排的方思则笑得非常复杂。我已经记不清那天禹平有没有出席，只记得轮到鼎文致辞的时候，他忽然宣布从此要退出诗坛。众人惊讶之余，都认为他选上社庆的这个场合来这么一个戏剧性的声明，未免不太适合。到现在我还是不明白，鼎文当时为什么要说这一席话。一说那是由于子豪凡事喜欢独揽，这话可能有几分真实性。不过鼎文一般活动很多，写诗在他只能算是次要之务，算是一种间歇性的喷发，子豪则于诗为专，也难怪他要独揽。

同年十月，我来美国念书，好像《蓝星周刊》也就停刊了。我将《文学杂志》的诗交给夏菁，《文星诗页》则交给子豪。同年十二月，望尧和夏菁创办《蓝星诗页》，由夏菁主编。这份小刊物，编排灵巧新颖，不但省却装订，而且方便邮寄，一时很得读者喜爱。一九五九年我回来后不久，夏菁便把这份"小蓝星"交给我编。我编了很久，又给罗门、蓉子伉俪合编。他们编得比我出色，过了一个时期，又还给我。直到一九六四年我来美讲学，才再度由罗门、蓉子接编，之后又给王宪阳主编，不久好像也就停刊了。这份诗页，除了偶或中辍，一直按月出版，一度还增加篇幅到两张甚至两张半，也就等于八版到十版。它每期的篇幅虽然显得相当迷你，可是加起来的总篇幅，恐怕比任何大型的诗刊都少不了太多。而由于一期篇幅有限，编起来也较能集中、精练，而且美观。这时，常在诗页上刊登作品的诗人，除了在周刊时代的旧人以外，更出现曹介直、陈东阳、王宪阳、吴宏一、菩提、郑林、王渝、蜀弓、楚风、白浪萍、方良、蓝采、方莘、高准、旷中玉、刘延湘、周英雄、曹逢甫、李国彬等名字。笔名的流行，使作者阵容显得比实际上的要壮阔些，例如胡筠便是夐虹，汶津便是张健，商略是唐剑霞，浮尘子是曹介直，女诗人专号上的聂敏是我自己。

就在我去美国的时候，大约是一九五九年的春天，蓝星内部发生了一次不小的龃龉。其时黄用以批评家的锋芒和青年人的锐气，在他的四周颇吸引了一些少壮的作者，而与他往来最密的，则有叶珊和洛夫。三人对子豪的欠缺敬意，时或溢于言表，子豪偏又素以前辈自居，因此相互之间的不满之情，时弛时张，已有一段日子。"事发"之日，双方似乎都很激动，遂达不可收拾的地步。我原不在场，事后众说纷纭，亦莫衷一是。文坛聚散本来无常，这样不迷人的场面，我自己也经历过多次，何况一方诗友坟木已拱，谈之何益。不过事后接到黄用来信，说少壮诗人，方筹组"五人派"，欲以一新诗坛耳目，可是他自己颇为踟蹰，最后提出"也要余光中加入"为他加入的条件，其他四人也答应了云云。五人者，痖弦、洛夫、叶珊、夐虹和黄用自己。这个阵容确乎不弱，当日果真组成一派，诗坛要转祸为福，也不一定。我很感激黄用相邀之意，可是在回信上坦白地说，夏菁正辛苦经营《蓝星诗页》，如果此时我竟舍他而去，于情于义，都说不过去的，同时，我也不愿和望尧分手。后来不晓得什么原因，所谓的"五人派"也没了下文。

一九五九年夏天我既回来，第一件事，便是在子豪和黄用之间竭力斡旋，企图弥补蓝星同人的裂痕。总算给我面子，双方不再僵持，黄用也很有风度，在会上称子豪为"覃先生"。当时我私心庆幸，认为蓝星团结有望。没有想到，就在第二年（一九六〇年），黄用和望尧先后离开岛内，第四年（一九六二年），夏菁也来美，第五年（一九六三年），子豪竟便逝世。少壮派的黄用和望尧既告别了缪斯，蓝星的发展史遂进入后半期。从另一个角度来看，也可以把子豪的逝世视为蓝星前后期的分水岭。总之，到了后半期，就要靠蓉子、罗门、向明、梦蝶、张健、夐虹诸位来撑持局面。现代派在方思走后就失去平衡。蓝星社在走了望尧、黄用，哑了阮囊，死了子豪之后，阵容大见逊色，发展也就改向。创世纪的幸运就在聚而不散。

当时蓝星的同人也不能不团结，事实上，所有现代诗作者都有合作的必要，因为当时文坛上对于所谓现代诗渐起反感，形诸笔墨的亦复不少。先是子豪和苏雪林为了象征主义的解释涉及现代诗的评价，在《自由青年》上展开论战，颇令文坛侧目。继有我在回来后和言曦为了更广泛的问题，在《中副》《文学杂志》和《文星》之间掀起的辩难。后来的发展，不再是一对一的论争，而是一场混战。在现代诗一边卫战最力的，有虞君质、黄用、夏菁、吴宏一。攻击现代诗最烈的，有门外汉和吴怡。对现代诗的非难多于同情的，有陈慧和孺洪（高阳）。《创世纪》季刊曾经响应我们。纪弦也在我力促下在《蓝星诗页》上发表了一篇《我的立场》。至于谁胜谁负，可说见仁见智，因为评定胜负的准则，深一层看，不在论战本身，而在现代诗的兴衰甚至存亡。十年后的今天，事实证明，现代诗非但没有亡，甚至也没有衰，相反地，现代诗的读者日益增加，现代诗人在文坛上甚至学术上的地位也日见提高。现代诗的作者和支持者之中，在岛内岛外已任文学教授且又表现出众者，屈指算来，至少有一打以上。一九六七年一月某夜，我和司马中原在成功大学演讲，苏雪林正襟危坐在拥挤的听众之中，听我朗诵的，正是现代诗。那些听众大半是她自己的学生，可是她已经无力阻止他们来接近现代诗了。这种"时间的讽喻"当时并没有使我骄矜起来。相反地，言辞之间我对她甚为尊敬，同时由于有"长者"在场，唯恐顶撞了她，我还将预定要诵的一首《七十岁以后》特别删去。不料事后她竟在《纯文学》上对我冷嘲热讽，而且企图用徐志摩来镇压我。十年来，现代诗人一直在求进步，不但在学问上做功夫，而且在文学史观的透视上，适度调整了自己对中国传统和西洋时尚的看法。相反地，当日抨击现代诗的人士，十年来多半一成不变，仍然在五四的褴褛里牙牙自语。那就不能怪时代和读者要遗弃他们了。

这么说来，十年后的现代诗是否就算胜利了呢？曰又未必。现代诗固然一直屹立到现在，而且很有一派尊严，可是那屹立的样子，总有一点像比萨斜塔。仅看十位到十五位顶尖诗人的代表作，现代诗的成就实在已经不可轻侮，可是放眼纵览一般现代诗，则又不能令人免于杞忧。现代诗本身的种种病态，十年来我在诗友不悦的面色中曾数作逆耳之言，因而丧失了许多昂贵的友情。后来这种逆耳之言竟出于很有地位的现代小说家之口。等到在三月号的《幼狮文艺》上读到洛夫的《一九七〇诗选序》，述及语言的僵化，文字的夹缠，到了"已使纸张裱黄在无望的婚媾之中"的地步，我益加相信，现代诗的病情，十年来并无减轻的征象。当日论战初启，乐观的夏菁曾对我说："远景还是乐观的。说不定长此论战下去，现代诗人反而看清传统是怎么一回事，而保守人士也看懂了现代诗。"夏菁的预言只兑现了一半。保守的人士习惯多已僵化，到现在仍然看不出现代诗凭什么迷人，可是有不少在当时是非常激烈的现代诗人，今日已经大大修正了对中国古典传统的评价，并在自己的近作中表现出这样的转变。

在那次论战的开始，蓝星诗人并不是遭受攻击的主要对象，可是奋起守卫第一线的，大半是蓝星诗人，因为那时，蓝星作者能发表文章的刊物有很多，也确实举得起几支能言善辩的笔。从论战后的劫灰中，蓝星作者努力扩充现代诗的领土，在惨淡经营下逐渐赢取了读者的同情。其中的一例，便是倡导现代诗的朗诵会，把现代诗从滞销的诗刊上推展到大众之间，也就是说，把消极的读者变成积极的听众。到我一九六四年秋天来美讲学为止，蓝星诗社在台北先后举办了三次这样的朗诵会，听众一次多于一次。最后的一次，名义上是和《现代文学》季刊联合举行。那是一九六四年三月三十日的晚上，耕莘文教院的大礼堂里，连坐带站的听众，约有五百五十人。这数目在现代诗的朗诵已经流行的今天，恐怕也不算小吧。当时颇有一些现代诗人，表示现代诗是一种微妙高深的艺术，只合在个人的世界里慢慢体会，岂可去大庭广众之间朗诵？事实上，哪有一种诗的艺术是不能接受听觉的考验的呢？像迪伦·托马斯那么晦涩的诗，尚可用朗诵来赢得听众，台湾的现代诗何独不能？事实已经证明，这是可以成功的，不但可以成功，还可以对现代诗创作的本身，起一种健康的反作用。在朗诵会上，听众的反应是一个冷酷的现实。如果诗人给听众的，是别扭的句法，生涩的文字，加上支离破碎的节奏，则听众给诗人的，不是冷漠，便是讥讽。现代诗固然不屑于做到"老妪都解"，但是总不甘于接受"大学生也茫然"的现象吧？目前不少现代诗人在语言上渐渐趋于开朗，恐怕现代诗的朗诵是导因之一。

子豪死前不久，胡品清从法国归来，不但蓝星多了一位女诗人和翻译家，子豪的生活上也起了一些波澜。品清是一个内倾的人，她回国后和蓝星同人很少见面，子豪一死，联系就更淡了。同时我和子豪之间，渐生误会，竟至不相往来。这实在是蓝星的不幸。我必须坦白承认，从组社开始，我对子豪的外文和诗学，一直缺乏由衷的敬佩。子豪欢喜独揽，也不免倚老，是事实，不过他对夏菁和我，倒是一向很热情，也够礼貌。我们虽然有时候在私下取笑他的虚张声势（事实上，夏菁、望尧、黄用和我之间，谁又能免于背后的相互嘲弄呢？），还不至于对他无礼，相反地，我们认为他是一个朋友，并欣赏他对诗的专一和赤忱。在他那一面，到了后期，对我究竟为何不满，我不愿多加陈述或推测。不过那时我在文学上的活动，已经发展到散文和艺术评论，而且对于诗的看法有了很大的变化，不可能处处再和他同进共退。加以纪弦的现代派已经解散于无形，而于我及子豪私交皆笃的望尧又远去越南。用马基亚维利的口吻来说，去了一个共同的"敌人"，又走了一个共同的知己，这样的情形，有了什么误会，就不容易冰释了。在子豪死后近八年的今天，我仍然认为当初和他的结合是有意义的事情，和他的交往不无愉快可忆的日子，且认为，他对现代诗毕竟功多于过，不失为早期现代诗运动的核心人物之一。相信夏菁也有近似的感想。

罗门和蓉子合编的《一九六四蓝星诗选》，无论在编排和内容上，都是一本上乘的刊物。可惜在我二度来美以后，他们就没有继续下去了。我在美国两年期间（一九六四年至一九六六年），夏菁恰恰也有一年在美国。在这段日子里，蓝星同人虽然以个别而言各有表现，但集体的活动则几乎停顿。从一九六六年回岛内到一九六九年三度来美，其间三年，我先后主编过《近代文学译丛》

《蓝星丛书》和《现代文学》双月刊，余下来的精力，都分布在自己的诗、翻译、批评和散文上，同时还在师大、台大和淡江三校开课；加以罗门、蓉子、张健三个人都因事忙而不愿套上编辑的巨磨，梦蝶孤云野鹤，敻虹人比蒲柳，亦不忍遽以重担相加，夏菁又早我一年离岛，去牙买加任农业顾问，所以始终没有再办什么诗刊。蓝星早期曾出版《蓝星诗丛》二十四种，规模之大，超过同一时期任何诗丛。后期的《蓝星丛书》也已经出版了十种，内容的评价见仁见智，在此免去主观的自诩，可是说到编排、印刷和校对，尤其是英文的校对，可以说是对读者交代得过去的。

我实在不能预言，蓝星的未来会有什么样子的发展。我只能说，如果它要再出发远征，则后期的这几位主将，军容犹壮，可堪一驰，如果它不幸就此降下半旗，则它也已经扪心无愧完成了它的历史任务。不过这是社友们共同的抉择，非我一人所敢决定。蓝星的结合，完全基于各社友自由的意志与个人的尊严。也许正因如此，我们始终没有以集体的名义亮出什么主义或口号，说非如此如此就不算现代诗。这样的"地方分权制"，缺点是以文学运动而言不够狂热和号召力，不容易形成所谓潮流，优点是解除了理论甚至教条的桎梏，社友的创作比较容易做个别而自由的发展，风格较富多般性。除此之外，蓝星似乎还有一个传统，就是社友之间，较少相互标榜的倾向。当然,相互之间要截然禁绝美言佳评,是不可能也是不近人情的事,不过溢美之辞尚少泛滥成洪至于荒谬的程度。这种低姿态的作风,对于喜欢高帽子的青年作者,当然缺乏鼓舞性。

离岛二年,忽焉又是知更鸟和蒲公英的季节。"青春伴好还乡",是吗?久矣我已经习于无伴可结无乡可还也不再那么青春的独客之情。登高临风,我遥念岛内的蓝星诗友,念他们在杜鹃花后端午节前有什么新作,也遥念墨西哥湾对岸的夏菁,念他在静静的林间是否已浑然忘却缪斯。我更遥念地下的子豪和遗弃了缪斯的望尧、黄用、阮囊。她的这一个孝子和三个浪子,本身已足形成一个阵容充实的诗社,把他们从一个诗社里减去,该是多么重大的损失!

对于犹健的同伴,我只有下面一番话相慰:所谓主义,所谓派,所谓社,只能视为一种触媒,它的作用只在于催化,至于充分的完成,恐怕还要个人自己去努力。次要的艺术家往往就止于一个派别,唯有大艺术家才能超越派别的生命而长存:叶慈、庞德、莫奈、毕加索、斯特拉文斯基,前例太多了。至于屈原和陶潜,那是什么诗社也没有参加过的。则又何须怅怅?

回溯罢蓝星的发展史，再略谈整个现代诗的过去、现在和将来。让我分成下列的几个问题来逐一讨论：

（一）从晦涩到透明：自从超现实主义的一些观念输入我们的诗坛以来，诗人的活动空间似乎忽然变成无穷大，而表现的技巧也相对地倍增了起来。诗思的变质使诗的语言忽然有了一个巨变，经验的绝缘化便产生了晦涩的问题。前一个时期的一些新古典倾向，例如纪弦理论上的主知主义和方思创作上的主知精神，到了这个时候，便在新起的反理性浪潮中被淹没了。放逐理性，切断联想，扼杀文法的结果，使诗境成为梦境，诗的语言成为呓语甚或魇呼，而意象的滥用无度，到了汩没意境阻碍节奏的严重程度。我不否认，超现实主义确曾拓展了诗的视域，并丰富了诗的手法，可是我要指出，实际上它的魔术只加速了少数能放能收能入能出的高手的成熟过程，对于大多数的冒险家而言，不幸道高一尺，魔高一丈，终陷于走火入魔的危境。

晦涩，恐怕是缪斯身上最后的一个秘密了。这是晦涩迷人的地方。如何亲近她而又在紧要关头保全她这个秘密，也许是诗人最难把握的一个天机。多少作者缺乏了这么一点"巧力"，结果往往是抓住了秘密，却逃走了缪斯。用汉语批评的术语来说，那便是一种"隔"。对于现代诗晦涩之病，十年来我曾直谏再三。事实上，像

"我实实不能相信四枚眼核不能成为好看的麦田和父母的美名"一类的句子,其晦涩之病不在皮肤,而在骨髓,以文字而言,这一句不但文法清楚,而且节奏明快,毛病在于透明的文字背后,只看见一双盲人的眼睛,也就是说,文字的意义未能蜕化为诗的意境。从这个例子看来,晦涩的病征虽见于文字,晦涩的病源却出于思想。胸中如果不能豁然,笔下怎能做到恍然?如果一个作者仍迷信他有将经验绝缘化的权利,则跟在他背后为他收拾文字的垃圾,恐怕没有什么用处吧?

近三四年来,这种晦涩之风已经激起了普遍的反动。这个反动表现于两种相近甚或相叠的倾向,其一是反晦涩而趋透明,其二是反文言而趋口语。白萩、戴成义、刘延湘三位,是最显著的例子。"笠"一向以口语化为口号,而一些年轻的新人之间,口语化的倾向也很是普遍。此外如周梦蝶、温健骝、郑愁予、商禽、洛夫、大荒、叶维廉几位,也或多或少表现出上述的两种倾向。我自己最近的诗也企图做到口语上的透明,同时,摇滚乐的歌词也正开始对我若有所示。

不过,所谓透明,应该是指艺术效果的简洁化和直接化,不是指艺术效果的冲淡。如果我们做深入的分析,则所谓晦涩,通常有两个原因,其一是文字的篇幅或组织不能负担过重的意义,其二是文字成了意义的障碍。另一方面，明朗的陷阱并不少于晦涩的陷阱，因为明朗的极端是淡白无聊，穷扯。一个诗人如果失败于晦涩，并不意味着他会成功于明朗。诗的语言需要维持一定的紧张感。透明的诗需要深入浅出，淡中见浓，似松实紧，这对于拔山扛鼎出手重惯了的现代诗人，实在是一项新的挑战。过去，走深奥路子的诗人之中，牺牲的远多于成功；可以预言，平易的路子也不会见到很多人凯旋。在反晦涩倾向成为时尚之前，我愿意提出这样的警告。

（二）从否定到肯定：我还没有想通，晦涩的形式与否定的精神之间，是否一定有表里的关系，所以我不能预言，说反晦涩的倾向后面，隐约可以窥见反否定的倾向。这里我要声明，所谓否定，是指虚无或悲观，并不包括讽刺，因为讽刺的文学实际上在否定中见肯定，往往非常明快有力。我不否认，现代诗的否定气氛有其时代和地理的背景。我更不否认，否定的文学似乎更有深度，也确曾产生了不少杰作。可是，十七年后，我很不愿意想象，现代诗的未来，仍将委屈在否定的阴霾之中。

不知道我能否提出这么一个假定：《楚辞》的晦涩来自它的否定，《诗经》的开朗来自它的肯定。我们的现代诗，好像更接近《楚辞》一点。也许中国是一个饱经忧患的民族，而我们这一代中国人也实在找不到多少快乐的原因,可是我实在不忍见到下一代继续我们的传统。喜悦和悲哀,同为生命的两大动力,可是前者在现代诗中几乎还是未开拓的处女地。正宗的现代诗,念念不忘于个人在现代社会中的孤绝感,不但疏远了自然,抑且隔离了社会,剩下来的一条路是向内去发掘一个无欢的自我。正宗的现代诗人,面对一朵花或是一位路人,在理论上说来,是不可以张臂伸手去拥抱的。哲学上说来,否定是分,肯定是合。庄周梦蝶,是喜悦,是肯定,是人与自然之合。"举杯向天笑,天回日西照"是李白的喜悦,李白式的人合自然。杜甫的伟大,在于"吾庐独破受冻死亦足"能在悲哀中与社会合一。我们的现代诗一自外于自然,再自外于社会,既不与天人交通,无须共鸣,当然要晦涩起来,而且题材日呈枯竭之象了。

不过,最令人厌烦的现象,是伪虚无的流行。现代诗第一代的某些作者,在他们的诗中,哭是真哭,怒是真怒,仰天而呼是真的痛楚和激昂。到了第二代的诗中,往往就成为人哭亦哭,人怒亦怒的"塑胶虚无",面目相似,神气全失。效颦,已经很可笑,效矉,就荒谬了。理论上说来,青年的可贵全在喜悦、肯定,与万物合一。杜甫诗中尽多"老病有孤舟"之句。但早年也不乏"会当凌绝顶,一览众山小"的喜悦。我们的许多青年诗人,虽然善用西方的术语来化装，事实上也不过是在叹"老病有孤舟"罢了。

如果说，这不过是国际诗潮的区域化而已，那就是真正不明国际诗潮了。例如美国年轻的一代，欲与自然合一的新思想，在当代美国诗和摇滚乐中已有很强的表现，而摇滚乐的社会性，更是非常显著的一股潮流。

（三）从反传统到成正宗：远从纪弦组现代派而高呼反传统起，几乎没有一位重要的现代诗人不曾反叛过传统。所谓反，有时是理论上的，但更常见的是创作上的，而所谓传统，不仅指中国的古典，也包括早期的新诗。但所谓反传统，常是一个界说含混的名词。有时候反传统只是反某一时期的传统，却与另一时期的传统暗相呼应；有时候反传统只是反传统中的某一精神，却与传统中的另一精神并行不悖。百分之百的反传统，是不可思议的，因为那意味着连本国的文字都可以抛弃，简直等于自杀。我们不能想象一个完全不反传统或者反传统到回不了传统的大诗人，同样，我们也不能想象一个不能吸收新成分或者一反就会反垮的伟大传统。中国文化的伟大，就在它能兼容并包，不断做新的综合。老实说，一个传统如果要保持蜕变的活力，就需要接受不断的挑战。用"似反实正格"来说，传统要变，还要靠浪子。如果全是一些孝子，恐怕只有为传统送终的份。所以平平仄仄的诸公，根本于事无补。

真正的反传统，至少有一个先决条件：认识传统。从《诗经》到《红楼梦》，每一种文学的代表作，我们是否有相当的认识？一首诗如果这样写，本质上与李贺的有什么不同？这一句的表现方式，在古典诗中真是没有前例吗？如果一个人从未这么自问过，就贸然宣称他要反传统，只是自欺的姿态罢了。保守的人士，一入传统即不可出；崇洋的呢，未及传统之门就要推倒传统。真正的认识传统，是入而能出。有一些人云亦云的反传统作者，连传统中最基本的中文都没有把握，不知"通"为何物，就幻想自己要超越文法与逻辑，结果只有害自己。

近年来，很有一些当初反传统甚为激烈的现代诗人，修正了，甚或否定了他们早年反传统的观念，并且在批评上引证传统，宣扬古典。这实在是诗史观上演变的自然结果，不过当初在反传统豪气的激荡下，他们也确曾为中国诗的传统增加了一些瑰奇新丽的东西，足见反传统真可能反出一点名堂来的。只是在现代诗的运动中，我们不妨经常保留一个"少数民族"，一个"异端"，作为未来蜕变的一个因子。例如，在盛行晦涩与反传统的早年，我是一个异端，甘冒天下之大不韪，鼓吹明朗与传统。现在明朗与传统渐渐盛行，我反而希望有少数顽固分子，继续搞他们孤独的晦涩和反传统，为第三代的现代诗作一伏笔。

说到现代诗人的再接受传统，我认为这还不够。我的远景还要美丽一点。现代诗人在接受过西洋现代文艺的洗礼后再回顾中国的古典诗，我们眼中的古典诗不再是平仄诸公眼中的"旧诗"了。可是在一般读者，尤其是平仄诸公的眼中，我们也只是一个异端，不是上承古典诗的正统。如何用现代诗人的新眼光，去诠释并重估中国的古典诗，另一方面，用中国古典诗的精神，来做现代诗某些本质的脚注：这样把现代诗接上中国诗的正统的工作，对于现代诗人该是一个重大的考验。例如用新的眼光来编一部《唐诗三百首》，或是重写一部"中国诗史"，或是予一位古典大诗人重新估价，或是对古典的诗评做一个反批评，或是在大学和中学的诗教育上做一个全新的改革，凡此种种，都属于上述"正统运动"的范围。不可讳言，目前现代诗人的古典修养，还不能充分胜任这样的工作，不过，一步一步慢慢去做，总比空言古典的伟大有意义吧。

（四）从输入到输出：如果没有国际间的文学交流，十七年来现代诗在台湾的发展，将是不可思议的。不过所谓交流，到现在为止，只是一个美名，因为几乎没有输出。至于输入，则十七年来，似乎一直没有中断。输入的方式有四：最普遍的是西洋现代诗的中译，其次是论评的介绍，再次是各大学外文系的课程，最后是留学生到外国去"取经"。先从后面说起。"取经"应该是最可靠、最直接的输入。十几年来，岛内去美国、日本、欧洲各国取经的"玄奘"，至少有三十几人，去爱荷华一地的就有九人，不能算是太少。只是这种方式的输入，只限于少数幸运的人，而且很有几位"玄奘"一去不回，像方思、方莘、方旗、黄用、林泠那样。外文系的课程，受惠者比较多，可惜高材生不一定有诗人的"仙骨"，甚至也不一定能成学者的正果。西洋诗及其理论的译介，该是最大众化的输入方式，不过这样的专门人才，在现代诗人自己的阵容里，实在不多。十七年来，我们很有一些热心而不称职的"译介人"，译介了不少失真的创作和理论，对输入的贡献只能算功过参半。现代诗一部分的乱象，是要这些人负一点责任的。真正称职的译者不是没有，同时还有一些学者，像陈祖文、陈绍鹏、程抱一和颜元叔，虽不以诗人自居，但在这方面对于输入的工作也能有所贡献。

对于一般的译介人，我们似乎有权提出下列的请求：第一，这是一种近乎专家的工作，如果外文不精，诗学不济，那么不如趁早光荣引退，或努力进修，以免误己误人。第二，一切译介最好能做到"第一手"，而避免转译或传述。与其从英文中去窥君特·格拉斯（Gunter Grass）的真相，或是从日文的评论中去传述庞德，何不把这些任务还给德文和英文的高手？第三，一篇论文中如果引用了他人的译诗或译文，理应注明出处，以免掠美之嫌。我的译诗最近就出现在这么一篇文章里，全未标明来源。我想其他译者也曾有同样的经验。这实在是非常失礼的事。在这里我要举杜国清的《艾略特论评选集》为例，说，像这样集中、称职、而且校对尽责的译介，才算是够格。希望西洋其他的诗人和批评家，在我们这个不够整齐的译坛，也能够受到同样的"优待"。

至于输出，则十七年来的成就是十分歉收的。包括选集、专集和零星的译介在内，恐怕不会超过二十五种。译文的幅度虽然包括英文、法文、韩文、日文（不知道"笠"发起的日译选集是否已出版？）和德文（包括一九七〇年Akzente对《莲的联想》的介绍），可是距离在国际间引起注意的程度，还很远很远。不要说什么远征欧美了，即使一水之隔的菲律宾，对我们现代诗坛的真相，仍是欠缺认识的。

另一方式的输出，是在外国的大学里推展中国现代文学的课程。据我所知，在美国大学里担任这方面教授的，便有白先勇、叶珊、叶维廉、於梨华、聂华苓、江玲等好几位，只要我们有够多、够硬的货色，这方面是可以慢慢打开的。

也许我们祖先的文学遗产太辉煌了，也许目前岛内在政治上处于一种不正常的情势，也许我们自己在输出的工作上不够努力，总之，结果是我们的现代作家，在国际文坛上仍是一个"没有脸的人"，至少，对外而言，不如日本、韩国、菲律宾，对内而言，不如刘国松那样的现代画家。在国际诗坛上，叶夫图申科、瓦斯内森斯基、巴斯特纳克、布瑞克特和同路人的聂鲁达等[①]，都非常受人注目。

这就要说到另一个正统的问题了。目前的问题是：我们不但对内，要在自己的文学传统中争取现代诗的正统地位，还要对外，在国际的文坛上为我们十七年来的现代诗争取华语新文学上的正统地位。可是在国际翻译界，由于欠缺这样的认识，并且接受了一种泛政治主义的幻觉，常用艾青、田间的作品做中国新诗的压卷之作。长此以往，我们的现代诗将只能在荒原里做独奔的黑马。我们如果不能精心翻译，有效输出，那就只能在国际文坛上，做一个"没有脸的人"。

一九七一年诗人节于丹佛橄榄街

[①] 瓦斯内森斯基、布瑞克特，作者笔误或本书创作年代的译法。——编者注

翻译和创作

希腊神话的九缪斯之中，竟无一位专司翻译，真是令人不平。翻译之为艺术，应该可以取代司天文的第九位缪斯乌拉尼亚（Urania），至少至少，也应该称为第十位缪斯吧。对于翻译的低估，不独古希腊人为然，今人亦复如此。一般刊物译文的稿酬，往往低于创作；"教育部"审查大学教师的学力，只接受论著，不承认翻译；一般文艺性质的奖金和荣誉，也很少为翻译家而设。这些现象说明了今日的文坛和学界如何低估翻译。

流行观念的错误，在于视翻译为创作的反义词。事实上，创作的反义词是模仿，甚或抄袭，而不是翻译。流行的观念，总以为所谓翻译也者，不过是逐字逐词地换成另一种文字，就像解电文的密码一般；不然就像演算代数习题一般，用文字去代表数字就行了。如果翻译真那么科学化，则一部详尽的外文字典就可以取代一位翻译家了。可是翻译，我是指文学性质的，尤其是诗的翻译，不折不扣是一门艺术。也许我们应该采用其他的名词，例如"传真"，来代替"翻译"这两个字。真有灵感的译文，像投胎重生的灵魂一般，令人觉得是一种"再创造"。直译，甚至硬译、死译，充其量只能成为剥制的标本，一根羽毛也不少，可惜是一只死鸟，徒有形貌，没有飞翔。诗人查尔迪认为，从一种文字到另一种文字的翻译，很像从一种乐器到另一种乐器的变调（transposition）：四弦的提琴虽然拉不出八十八键大钢琴的声音，但那种旋律的精神多少可以传达过来。[1]庞德的好多翻译，与其称为翻译，不如称为"改写""重组"，或是"剽窃的创造"[2]；艾略特甚至厚颜宣称庞德"发明了中国诗"。这当然是英雄欺人，不足为训，但某些诗人"寓创造于翻译"的意图，是昭然可见的。

---

[1] *Translator's Note: The Inferno*, tr.by John Ciardi（Mentor books, 1954）.
[2] 请参阅拙著《英美现代诗选》（《九歌》，2017）249页。

假李白之名，抒庞德之情，这种偷天换日式的"意译"，我非常不赞成。可是翻译之为艺术，其中果真没有创作的成分吗？翻译和创作这两种心智活动，究竟有哪些相似之处呢？严格地说，翻译的心智活动过程之中，无法完全免于创作。例如原文之中出现了一个含义暧昧但暗示性极强的字或词，一位有修养的译者，沉吟之际，常会想到两种或更多的可能译法，其中的一种以音调胜，另一种以意象胜，而偏偏第三种译法似乎在意义上更接近原文，可惜音调太低沉。面临这样的选择，一位译者必须斟酌上下文的需要，且依赖他敏锐的直觉。这种情形，已经颇接近创作者的处境了。根据我创作十多年的经验，在写诗的时候，每每心中涌起一个意念，而表达它的方式可能有三种：第一种念起来洪亮，第二种意象生动，第三种则意义最为贴切。这时作者同样面临微妙的选择，他同样必须照顾上下文，且乞援于自己的直觉。例如杰佛斯（Robinson Jeffers）的诗句[①]：

By the shore of seals while the wings
Weave like a web in the air

---

① 摘自 *Divinely Superfluous Beauty*。全诗译文见《英美现代诗选》267—268页。

Divinely superfluous beauty.

我可以译成下面的两种方式：

. 在多海豹的岸边，许多翅膀
   像织一张网那样在空中编织
   充溢得多么神圣的那种美。

. 濒此海豹之滨，而鸥翼
   在空际如织网然织起
   圣哉充溢之美。

第一种方式比较口语化，但是费辞而松懈；第二种方式比较文言化，但是精练而紧凑。结果我以第二种方式译出。但是有些诗语俚而声亢，用文言句法译出，就不够意思。下面杰佛斯的另一段诗[1]，我就用粗犷的语调来对付了：

---

[1] 摘自 *The Stars Go over the Lonely Ocean*。全诗译文见《英美现代诗选》275—276页。

"Keep clear of the dupes that talk democracy

And the dogs that bark revolution,

Drunk with talk, liars and believers.

I believe in my tusks.

Long live freedom and damn the ideologies."

Said the gamey black-maned wild boar

Tusking the turf on Mal Paso Mountain.

"管他什么高谈民主的笨蛋,

什么狂吠革命的恶狗,

谈昏了头啦,这些骗子和信徒。

我只信自己的长牙。

自由万岁,他娘的意识形态。"

黑鬣的野猪真有种,他这么说,

一面用长牙挑毛巴索山的草皮。

杰佛斯的诗在哲学的观念上属于尼采,所以对民主与革命均不信任,宁效野猪遁世自高。

用字遣词需要选择,字句次序的排列又何独不然?艾略特《三智士朝圣行》中的句子：

A hard time we had of it.

很不容易译成中文。可能的译法，据我看来，有下列几种：

. 我们有过一段艰苦的时间。
. 我们经历过多少困苦。
. 我们真吃够了苦头。
. 苦头，我们真吃够。

如果不太讲究字句的次序，则前三种译法，任用一种，似乎也可以敷衍过去了。可是原文只有七字，不但字面单纯，还有三个所谓"虚字"。相形之下，一、二两句不但太冗长，在用字上，例如"艰苦""经历""困苦"等，也显得太"文"了一点。第三句是短些，可是和前两句有一个共同的缺点：语法不合。艾略特的原文是倒装语法：诗人将a hard time置于句首，用意显然在强调三智士雪中跋涉之苦。前三种中译都是顺叙句，所以不合。第四句中译就比较接近原文了，因为它字少（正巧也是七字），词俚，而且也是倒装。表面上，第一种译法似乎最"忠实"，可是实际上，第四种却最"传真"。如果我们还要照顾上下文的话，就会发现，上面这句原文实际上是响应同诗的第一行：

A cold coming we had of it.[①]

可见艾略特是有意用两个倒装句子来互相呼应的。因此我们更有理由在译文中讲究字句的次序了。所谓"最佳字句排最佳次序"的要求，不但可以用于创作，抑且必须期之翻译。这样看来，翻译也是一种创作，至少是一种"有限的创作"。同样，创作也可以视为一种"不拘的翻译"或"自我的翻译"。在这种意义下，作家在创作时，可以说是将自己的经验"翻译"成文字。（读者欣赏那篇作品，过程恰恰相反，是将文字"翻译"回去，还原成经验。）不过这种"翻译"，和译者所做的翻译，颇不相同。译者在翻译时，也要将一种经验变成文字，但那种经验已经有人转化成文字，而文

---

① 艾略特这两行诗均摘自 Journey of the Magi。全诗译文见《英美现代诗选》296—298页。这两行诗之所以倒装，是因为艾略特引用了英国神学家Lancelot Andrewes以圣诞为题的证道词"A cold coming they had of it..."而改为第一人称口吻。

字化了的经验已经具有清晰的面貌和确定的含义①,不容译者擅加变更。译者的创造性之所以有限,是因为一方面他要将那种精确的经验"传真"过来,另一方面,在可能的范围内,还要保留那种经验赖以表现的原文。这种心智活动,似乎比创作更繁复些。前文曾说,所谓创作是将自己的经验"翻译"成文字。可是这种"翻译"并无已经确定的"原文"为本,因为在这里,"翻译"的过程,是一种虽甚强烈但混沌而游移的经验,透过作者的匠心,接受选择、修正、重组,甚或蜕变的过程。也可以说,这样子的"翻译"是一面改一面译的,而且,最奇怪的是,一直要到"译"完,才会看见整个"原文"。这和真正的译者一开始就面对一清二楚的原文,当然不同。以下让我用很单纯的图解,来说明这种关系。

经验→文字　　文字→经验　　文字=经验?　　经验→原文
　（创作）　　　（欣赏）　　　（批评）　　　　↘　↓
　　　　　　　　　　　　　　　　　　　　　　　　译文
　　　　　　　　　　　　　　　　　　　　　　　（翻译）

---

① 这和修辞中的ambiguity或irony等无关。

翻译和创作在本质上的异同，略如上述。这里再容我略述两者相互的影响。在普通的情形下，两者相互间的影响是极其重大的。我的意思是指文体而言。一位作家如果兼事翻译，则他的译文体，多多少少会受自己原来创作文体的影响。反之，一位作家如果在某类译文中沉浸日久，则他的文体也不免要接受那种译文体的影响。

张健先生在论及《英美现代诗选》时曾说："一般说来，诗人而兼事译诗，往往将别人的诗译成颇具自我格调的东西。"[①]这当然是常见的现象。由于我自己写诗时好用一些文言句法，这种句法不免也出现在我的译文之中。例如"圣哉充溢之美"篇末那几行的语法，换了"国语派"的译者，就绝对不会那样译的。至少胡适不会那样译。这就使我想起，他曾经用通畅的白话译过丁尼生的《尤利西斯》的一部分。胡适的译文素来明快清畅，一如其文，可是用五四体的白话去译丁尼生那种古拙的无韵体，其事倍功半的窘困，正如苏曼殊企图用五言排律去译拜伦那篇激越慷慨的《哀希腊》。其实这种现象在西方也很普遍。例如荷马那种"当叮叮"的敲打式

---

① 见1968年9月14日《中国时报·人间副刊》汶津的专栏文章：《简介三本英美译丛》。

"一长二短六步格",到了十八世纪文质彬彬的波普笔下,就变成了波普的拿手诗体"英雄偶句",而叱咤古战场上的英雄,也就被驯成了坐在客厅里雅谈的绅士了。另一个生动的例子是庞德。艾略特说他"发明"了中国诗,真是一点不错。清雅的中国古典诗,一到他的笔底,都有点意象派那种自由诗白描的调调。这就有点像个"性格演员",无论演什么角色,都脱不了自己的味道。艾略特曾强调诗应"无我"①,这话我不一定赞成,可是拟持以转赠他的师兄庞德,因为理想的译诗之中,最好是不见译者之"我"的。在演技上,理想的译者应该是"千面人",不是"性格演员"。

另一方面,创作当然也免不了受翻译的影响。一六一一年钦定本的《圣经》英译,对于后来英国散文的影响,至为重大。中世纪欧洲的文学,几乎成为翻译的天下。说到我自己的经验,十几年前,应林以亮先生之邀为《美国诗选》译狄瑾荪作品的那一段时间,我自己写的诗竟也采用起狄瑾荪那种歌谣体来。及至前年初,因为翻译叶慈的诗,也着实影响了自己作品的风格。我们几乎可以

---

① Impersonality。艾略特主张诗人应泯灭自我以迁就诗之主题,也就是说,应该摆脱自我而进入事物之中心。此说实与济慈致Woodhouse信中所云"A poet is the most unpoetical of anything in existence; because he has no Identity"不谋而合。反浪漫的大师,在诗的理论上竟与浪漫诗人如此接近,真是一大irony了!

武断地说，没有翻译，五四的新文学不可能发生，至少不会像那样发展下来。西洋文学的翻译，对中国新文学的发展，大致上可说功多于过，可是它对于我国创作的不良后果，也是不容低估的。

翻译原是一种"必要之恶"，一种无可奈何的代用品。好的翻译已经不能充分表现原作，坏的翻译在曲解原作之余，往往还会腐蚀本国文学的文体。三流以下的作家，或是初习创作的青年，对于那些生硬、拙劣，甚至不通的"翻译体"，往往没有抗拒的能力，濡染既久，自己的"创作"就会向这种翻译体看齐。事实上，这种翻译体已经泛滥于文化界了。在报纸、电视、广播等大众传播工具的围袭下，对优美中文特具敏感的人，每天真不知道要忍受这种翻译体多少次虐待！下面我要指出，这种翻译体为害我们的创作，已经到了什么程度。

正如我前文所言，翻译，尤其是文学的翻译，是一种艺术，变化之妙存乎一心。以英文译中文为例，两种文字在形、音、文法、修辞、思考习惯、美感经验、文化背景上既如此相异，字、词、句之间就很少有现成的对译法则可循。因此一切好的翻译，犹如衣服，都应是订做的，而不是现成的。要买现成的翻译，字典里有的是；可是字典是死的，而译者是活的。用一部字典来对付下列例子中的"sweet"一词，显然不成问题：

. a sweet smile

. a sweet flower

. Candy is sweet

但是，遇到下面的例子，任何字典都帮不了忙的：

. sweet Swan of Avon

. How sweet of you to say so!

. sweets to the sweet

. sweet smell of success

有的英文诗句，妙处全在它独特的文法关系，要用没有这种文法的中文来翻译，几乎全不可能。

. To the glory that was Greece

And the grandeur that was Rome.

. Not a breath of the time that has been hovers

　　In the air now soft with a summer to be.

. The sky was stars all over it.

. In the final direction of the elementary town

　　I advance for as long as forever is.[①]

　　以第二段为例,"the time that has been"当然可以勉强译成"已逝的时间"或"往昔","a summer to be"也不妨译成"即将来临的夏天",只是这样一来,原文文法那种圆融空灵之感就全坐实了,显得多么死心眼!

　　不过译诗在一切翻译之中,原是最高的一层境界,我们何忍苛求。我要追究的,毋宁是散文的翻译,因为在目前的文坛上,恶劣的散文翻译正在腐蚀散文的创作,如果有心人不及时加以当头棒喝,则终有一天,这种非驴非马不中不西的"译文体",真会淹没了优美的中文!这种译文体最大的毛病,是公式化,也就是说,这

---

① 第一段摘自 *To Helen*, by Poe;第二段摘自 *A Forsaken Garden*, by A. C. Swinburne;第三段摘自 *The Song of Honour*, by Ralph Hodgson;末段摘自 *Twenty-four years*, by Dylan Thomas。

类的译者相信，甲文字中的某字或某词，在乙文字中恒有天造地设恰巧等在那里的一个"全等语"。如果翻译像做媒，则此辈媒人不知道造成了多少怨偶。

就以英文的"when"一词为例。公式化了的译文体中，千篇一律，在近似反射作用（reflex）的情形下，总是用"当……的时候"一代就代了上去。

. 当他看见我回来的时候，他就向我奔来。
. 当他听见这消息的时候，他脸上有什么表情？

两个例句中"当……的时候"的公式，都是画蛇添足。第一句大可简化为："看见我回来，他就向我奔来。"第二句也可以净化成："听见这消息，他脸上有什么表情？"流行的翻译体就是这样：用多余的字句表达含混的思想。遇见繁复一点的副词从句，有时甚至会出现"当他转过身来看见我手里握着那根上面刻着玛丽·布朗的名字的旧钓鱼竿的时候……"这样的怪句。在此地，"当……的时候"非但多余，抑且在中间夹了那一长串字后，两头远得简直要害相思。"当……的时候"所以僵化成为公式，是因为粗心的译者用它来应付一切的"when"句，例如：

. 当他自己的妻子都劝不动他的时候,你怎么能劝得动他呢?
. 弥尔顿正在意大利游历,当国内传来内战的消息。
. 当他洗完了头发的时候,叫他来找我。
. 当你在罗马的时候,像罗马人那样做。

其实这种场合,译者如能稍加思索,就应该知道如何用别的字眼来表达。上列四句,如像下列那样修正,意思当更明显:

. 连自己的妻子都劝他不动,你怎么劝得动他?
. 弥尔顿正在意大利游历,国内忽然传来内战的消息。
. 他洗完头之后,叫他来找我。
. 既来罗马,就跟罗马人学。

公式化的翻译体,既然见"when"就"当",五步一当,十步一当,当当之声,遂不绝于耳了。如果你留心听电视和广播,或者阅览报纸的国外消息版,就会发现这种莫须有的当当之灾,正严重地威胁美好中文的节奏。曹雪芹写了那么大一部小说,并不缺这么一个"当"字。今日我们的小说家一摇笔,就摇出几个当来,正说明这种翻译体有多猖獗。

当之为祸,略如上述。其他的无妄之灾,由这种翻译体传来中文里的,为数尚多,无法一一详述。例如"if"一词,在不同的场合,可以译成"假使""倘若""要是""果真""万一"等,但是在公式化的翻译体中,它永远是"如果"。又如"and"一词,往往应该译成"并且""而且"或"又",但在翻译体中,常用"和"字一代了事。

In the park we danced and sang.

这样一句,有人竟会译成"在公园里我们跳舞和唱歌"。影响所及,这种用法已渐渐出现在创作的散文中了。

翻译体公式化的另一表现,是见"ly"就"地"。于是"慢慢地走""悄悄地说""隆隆地滚下""不知不觉地就看完了"等语,大量出现在翻译和创作之中。事实上,上面四例之中的"地"字,都是多余的。事实上,中文的许多叠字,例如"渐渐""徐徐""淡淡""悠悠",本身已经是副词,何待加"地"始行?有人辩称，加了比较好念，念来比较好听。也就罢了。最糟的是，此辈译者见"ly"就"地"，竟会"地"到文言的副词上去。结果是产生了一批像"茫然地""突然地""欣然地""愤然地""漠然地"之类的怪词。所谓"然"，本来就是文言副词的尾语。因此"突然"原就等于英文的"suddenly"，"然"之不足，更附以"地"，在理论上说来，就像说"suddenlyly"一样可笑。事实上，说"他终于愤然走开"，不但意完神足，抑且琅琅上口，何苦要加一个"地"字？

翻译体中，还有一些令人目迷心烦的字眼，如能慎用、少用，或干脆不用，读者就有福了。例如"所"字，就是如此。"我所能想到的，只有这些"；在这里"所"是多余的。"他所做过的事情，都失败了。"不要"所"，不是更干净吗？至于"他所能从那扇门里窃听到的耳语"，更不像话，不像中国话了。目前的译文和作品之中，"所"来"所"去的那么多"所"，可以说，很少是"用得其所"的。另一个流行的例子，是"关于"或"有关"。翻译体中，屡见"我今天上午听到一个有关联合国的消息"之类的劣句。这显然是受了英文about或concerning等的影响。如果改为"我今天上午听到联合国的一个消息"，不是更干净可解吗？事实上，在日常谈话中，我们只会说"你有他的资料吗？"不会说"你有关于他的资料吗?"

翻译体中,"一个有关联合国的消息"之类的所谓"组合式词结",屡见不鲜,实在别扭。其尤严重者,有时会变成"一个矮小的看起来已经五十多岁而实际年龄不过四十岁的女人",或者"任何在下雨的日子骑马经过他店门口的陌生人"。两者的毛病,都是形容词和它所形容的名词之间,距离太远,因而脱了节。"一个矮小的"和"女人"之间,夹了二十个字。"任何"和"陌生人"之间,也隔了长达十五字的一个形容从句。令人看到后面,已经忘了前面,这种夹缠的句法,总是不妥。如果改成"看起来已经五十多岁而实际年龄不过四十岁的一个矮小女人",和"下雨天骑马经过他店门口的任何陌生人"①,就会清楚得多,语气上也不至于那么紧促了。

公式化的翻译体还有一个大毛病,那就是:不能消化被动语气。英文的被动语气,无疑是多于中文。在微妙而含蓄的场合,来一个被动语气,避重就轻地放过了真正的主语,正是英文的一个

---

① 事实上,在正常的中文里,这样的两句大概会写成"一个矮小的女人,看来已经五十多而实际不过四十岁"和"任何陌生人下雨天骑马经过他店门"。后者和"下雨天骑马经过他店门的任何陌生人"意思完全相同,但是语法自然多了。公式化的翻译体方便了译者个人(?),但是难为了千百读者。好的翻译则恰恰相反。

长处。

. Man never is, but always to be blessed.

. Strange voices were heard whispering a stranger name.

第一句中"blessed"真正的主语应指上帝,好就好在不用点明。第二句中,究竟是谁听见那怪声?不说清楚,更增神秘与恐怖之感。凡此皆是被动语气之妙。可是被动语气用在中文里,就有消化不良之虞。古文古诗之中,不是没有被动语气,"颠倒不自知,直为神所玩",后一句显然是被动语气。"不觉青林没晚潮"一句,"没"字又像被动,又像主动,暧昧得有趣。被动与否,古人显然并不烦心。到了翻译体中,一经英文文法点明,被动语气遂蠢蠢不安起来。"被"字成为一只跳蚤,咬得所有动词痒痒难受。"他被警告,莎莉有梅毒""威廉有一颗被折磨的良心""他是被她所深深地喜爱着""鲍士威尔主要被记忆为一个传记家""我被这个发现弄得失眠了""当那只狗被饿得死去活来的时候,我也被一种悲哀所袭击""最后,酒被喝光了,菜也被吃完了",这样子的恶译、怪译,不但流行于翻译体中,甚至有侵害创作之势。事实上,在许多场合,中文的被动态是无须点明的。"菜吃光了",谁都听得懂。改成"菜被吃光了"简直可笑。当然，"菜被你宝贝儿子吃光了"，情形又不相同。事实上，中文的句子，常有被动其实主动的情形："饭吃过没有？""手洗好了吧？""书还没看完""稿子才写了一半"，都是有趣的例子。但是公式化的译者，一见被动语气，照例不假思索，就安上一个"被"字，完全不想到，即使要点明被动，也还有"给""挨""遭""教""让""为""任"等字可以酌用，不必处处派"被"。在更多的场合，我们大可将原文的被动态，改成主动，或不露形迹的被动。前引英文例句的第二句，与其译成不伦不类的什么"奇怪的声音被听见耳语着一个更奇怪的名字"，何不译成下列之一：

. 可闻怪声低语一个更怪的名字。
. 或闻怪声低唤更其怪诞之名。
. 听得见有一些怪声低语着一个更怪的名字。

同样，与其说"他被警告，莎莉有梅毒"，何如说"他听人警告说，莎莉有梅毒"或"人家警告他说，莎莉有梅毒"？与其说"我被这个发现弄得失眠了"何如说"我因为这个发现而失眠了"或"我因为发现这事情而失眠了"？

公式化的翻译体,毛病当然不止这些。一口气长达四五十字、中间不加标点的句子,消化不良的从句,头重脚轻的修饰语,画蛇添足的所有格代名词,生涩含混的文理,以及毫无节奏感的语气,这些都是翻译体中信手拈来的毛病。所以造成这种种现象,译者的外文程度不济,固然是一大原因,但是中文周转不灵,词汇贫乏,句型单调,首尾不能兼顾的苦衷,恐怕要负另一半责任。至于文学修养的较高境界,对于公式化的翻译,一时尚属奢望。我必须再说一遍:翻译,也是一种创作,一种"有限的创作"。译者不必兼为作家,但是心中不能不了然于创作的某些原理,手中也不能没有一支作家的笔。[1]公式化的翻译体,如果不能及时改善,迟早总会危及抵抗力薄弱的所有"作家"。喧宾夺主之势万一形成,中国文学的前途就不堪闻问了。

一九六九年元月二十四日

---

[1] 我这种六十五分的要求,比起"唯诗人可以译诗"的要求来,已经宽大多了。

所谓国际声誉

近年来,颇有一些作家,对于所谓"国际声誉",显得非常神往。在这种风气之下,果真中国能产生一位诺贝尔文学奖得主,当然也不是一件坏事。叶梦得《避暑录话》记载:"尝见一西夏归朝官云:'凡有井水处,即能歌柳词。'"可以想见,柳永在当时确然"颇享国际声誉"。二十世纪最具国际声誉的中国诗人,恐怕是白居易了。可是今之国际声誉和古之国际声誉至少有一点不同,那就是,前者必须赖翻译以播。翻译,原来是文化"交流"的有效方式,但是在我们,翻译似乎成了"单行道",呈严重的入超现象。在唐宋,我们是"上国",国家的优势形成语文的优势。在现代的国际情势中,这样的优越性久已动摇。中国文学之西译,比起西洋文学之汉译,恐怕还不到十分之一,何况西译的中国文学之中,历史悠长的古典文学更占了多数。因此,当今不少作家,在追求如是渺茫的国际声誉之余,只有"望洋"兴叹了。

艺术家和音乐家的条件显然有利得多,因为他们说的是一种好听的"国际语",没有翻译的问题。同为北宋文艺的大师,在这方面,米芾和苏轼的处境就大不相同。对于西方人士,要欣赏米芾毕竟比亲炙苏轼方便得多了。一幅翻印得不太好的《春山瑞松图》,比起翻译得最好的"山色空蒙雨亦奇"来,仍然接近原作多多。文学的不便输出有如是者。在文学各部门中,又以诗最为不便。无论如何,经过翻译之后,一篇小说所保存的原貌,比一首诗总要多些。

相形之下,西方的诗人似乎又比东方的运气好些。东方学者通一种西方文学的,比起通一种东方文学的西方学者,不知要多出多少倍。莎士比亚在中国已有好几种译本,比起来,汤显祖在英国冷落得多了。泰戈尔要写英文,川端康成要赖英译,才能获得诺贝尔奖。从吉卜林到斯坦贝克,英美的作家只要写好自己的国文,同时也只要在本国成了名,就等于已经具有国际声誉。英美之间,相互形成国际,那情形,正如爱尔兰和英国之间一样。像弗罗斯特和艾略特成名于英国,而英国的奥登和迪伦·托马斯扬名于美国,都是常见的例子。也有不少作家,一时不得意于本国的文坛,反而先扬名于海外,然后为国人所追认的,那毕竟是例外,且不免有点辛酸的意味。爱伦·坡之于法国诗坛,正是如此。有时所谓国际声誉,竟因国内的政治压迫而著,易卜生、托马斯·曼、巴斯特纳克、叶夫图申科、索尔仁尼琴等,皆是可哀的例子。

但是,在最严肃的意义之下,任何作家的国际盛名,必须建基于国内的地位,始得永固。除非那位作家直接用外文写作,如康拉德,如纳博科夫,否则我们很难想象,一位作家在国内地位平平,竟能享名国际。像毕加索、夏加尔、克利、亨利·莫尔等艺术家的美妙,确然有目共睹,可以做到普遍的国际化,但是文学作品,尤其是诗,国际化的可能性是很小的。此地的所谓"国际化",是指实际的欣赏,不是指道听途说的慕名。莎士比亚的戏剧,搬上舞台,拍成电影,颇易欣赏;译为中文,就难于领会得多;要直接读原文的十四行,更是解人难求了。弥尔顿擅作拉丁诗,艾略特曾写法文诗,但是他们的地位,无疑都是建筑在英文的作品上。侨居或留学海外,亦往往无助于诗人的国际声誉,因为无论在生前或死后,一位诗人的地位,不折不扣,仍需用他在本国文字中的表现来鉴定。拜伦、雪莱、济慈、白朗宁夫人,一直到叶慈,尽管客死南欧,仍然是不折不扣的英国诗人,永远活在英文里面。意大利文学史不会收纳拜伦,但是法国艺术史上赫然有凡·高、莫蒂里安尼、毕加索的神龛。可见诗人最具民族性。西方人可以盗光敦煌的宝藏,但是盗不走李白的一首五绝。对诗人而言,所谓国际声誉,半属身外之物,最多只是国内声誉的一种花红罢了。一位诗人最大的安慰,是为自己的民族所热爱,且活在民族的语文之中。当我死时,只要确信自己能活在中文,最美丽最最母亲的中文里,仅此一念,即可含笑瞑目。有一次我戏谓国松:"五十年后要研究刘国松的画,恐怕得周游世界。但是要读我的作品,伸手便是。"

诗既如此富于民族性,诗人的地位理所当然应由自己的民族来评定。这原是无须假他人之手以行的事。如果我们能肯定这一点,则时下文坛尤其是诗坛醉心国际声誉之风,就显得没有什么意义了。至少在缓急之分上,这件事无须占那么重的分量。我说这话,希望不致为人误解,目我为闭关自守,"不懂公共关系"。诗人出国,诗出国,都是好事;出国而能真正为国争光,亦诗坛之幸。不过我可以断言,这种机会不太大,至少比艺术和音乐的机会要小得多。最最重要的事:如果一位作家真能在国内扎根成长,风雨不摇,雪霜不凋,则未来的国际市场上,这枚硕美的瓜果必然会供出来的。如果连故土的考验尚不能通过，移植异国的土壤岂能繁荣？

以美国为例。美国人学外文的落后情形，是有名的。由于源出欧洲，美国人在大学课程上，显然厚欧薄亚。美国的大学生要读法国、德国文学，多半直接读原文，但是读中国文学却大半有赖翻译。在各大学间最流行的这么一门课，叫作"英译亚洲文学"（Asian Literature in Translation），通常包括中、日、印三种文学。这现象说明了，除了哈佛等十几所大学外，美国学术界对中国文学的认识尚在启蒙时期。李杜做客尚且如此，现代作家可以想见。好在中文的学习已经日渐普遍，也许三十年，也许百年后，中国现代作家得以原文面目而非七折八扣的译文出现在国际文坛。这应该是最理想也是最公平的"出国"方式，但在目前自属奢望。在那一天终于来到之前，翻译当然仍是不得已的"次代用品"（如果翻版画和唱片是代用品的话）。然而，即使是"次代用品"，也还有高下之分，这样的输出品必须审慎制造。写诗，写小说，不妨"自由创作"，但是翻译是有客观的学术标准的，不到那样的条件就做那样的事，总带点冒险性。这一点，希望性急的"出口商"，慎加考虑。

一九六九年三月二十六日

后记

先是《左手的缪斯》。然后是《逍遥游》。然后是《望乡的牧神》。现在，是这本《焚鹤人》[1]。

四本书都是相当庞杂的文集，其中的散文，大半属于批评，小半属于创作。后者也就是我所谓的"自传性的抒情散文"。只是在《焚鹤人》里，后者的比例稍稍增加，几达三分之一的篇幅。事实上，在我的笔下，后者与前者往往难以截然划分。我的散文，往往是诗的延长；我的论文也往往抒情而多意象。这种倾向，也许不足为法，但这是天性使然，不能强求，也无可戒绝。韩公以文为诗，苏髯以诗为词，尚不免论者之讥。其实东坡先生写起抒情散文来，也常常爱发议

---

[1] 本次出版中文简体版，书名改为《向整个世界说一声早》，下不赘述。——编者注

论，一篇《前赤壁赋》，高谈阔论倒占了一半的篇幅。欧阳修的《秋声赋》还不是一样。以前的词章家硬性规定，什么是抒情文，什么是议论文，实在没有什么意义。

《如何谋杀名作家》一类的作品，说批评不像批评，说创作又不像创作，什么都不像，只像我的作品，如此而已。卷首的五篇创作，《丹佛城》比较落实。《食花的怪客》和《焚鹤人》，是投向小说的两块问路石。其余两篇，散文不像散文，小说不像小说，身份非常可疑。颜元叔先生认为《伐桂的前夕》两皆不类，甚以为病。其实，不少交配种的水果，未见得就不可口吧。只要可口，管它是杧果还是香蕉？任何文体，皆因新作品的不断出现和新手法的不断试验，而不断修正其定义，初无一成不变的条文可循。与其要我写得像散文或是像小说，还不如让我写得像自己。对于做一个enfant terrible，我是很有兴趣的。

读者想已发现，这本书里，纯粹论诗的批评只有三篇，比以往的文集显然要少。其中《撑起，善继的伞季》是因施善继先生请求为他的诗集《伞季》作序而写。《翻译和创作》一篇,是应香港中文大学之邀而写,并在一九六九年二月该校主办的"翻译问题研讨会"上宣读,事后收入《翻译十讲》一书。

一九六九年秋天,我应美国教育部之请,去丹佛的寺钟学院和科罗拉多州教育厅工作,为时两年。集中的《丹佛城》《宛在水中央》《在水之湄》《现代诗与摇滚乐》,及《第十七个诞辰》五篇,都是三度旅美时的作品。

一九七二年三月二十五日于台北

文治
磨铁图书旗下子品牌

更好的阅读

特约监制　魏　玲　潘　良　于　北
产品经理　刘　钊
责任编辑　马　燕
特约编辑　叶　青
营销支持　金　颖　于　双　周梦遥
封面设计　沐希设计
封面插画　王奕驰
内文设计　SUA DESIGN
内文插画　LOST7

官方微博：@文治图书
官方豆瓣：文治图书
联系我们：wenzhibooks@xiron.net.cn

图书在版编目（CIP）数据

向整个世界说一声早 / 余光中著. -- 北京：中国友谊出版公司, 2024.11

ISBN 978-7-5057-5876-6

Ⅰ.①向… Ⅱ.①余… Ⅲ.①散文集－中国－当代 Ⅳ.①I267

中国国家版本馆CIP数据核字(2024)第093030号

著作权合同登记号　图字：01-2024-4617

本书由台北九歌出版社有限公司授权出版。

书名	向整个世界说一声早
作者	余光中
出版	中国友谊出版公司
发行	中国友谊出版公司
经销	新华书店
印刷	三河市中晟雅豪印务有限公司
规格	880毫米×1230毫米　32开 7.375印张　128千字
版次	2024年11月第1版
印次	2024年11月第1次印刷
书号	ISBN 978-7-5057-5876-6
定价	49.80元
地址	北京市朝阳区西坝河南里17号楼
邮编	100028
电话	（010）64678009

如发现图书质量问题，可联系调换。质量投诉电话：010-82069336